温暖的故事

新书包里的秘密

XINSHUBAOLIDEMIMI

陈笑海/著

敦煌文艺出版社

图书在版编目（CIP）数据

新书包里的秘密 / 陈笑海著. -- 兰州 ：敦煌文艺出版社，2013.6
（温暖的故事）
ISBN 978-7-5468-0523-8

Ⅰ. ①新… Ⅱ. ①陈… Ⅲ. ①故事—作品集—中国—当代 Ⅳ. ①I247.8

中国版本图书馆CIP数据核字（2013）第129990号

新书包里的秘密
（温暖的故事）
陈笑海 著
责任编辑：靳 莉
封面设计：三合设计公社

敦煌文艺出版社出版、发行
本社地址：（730030）兰州市城关区读者大道568号
本社邮箱：dhwy@duzhe.cn
本社博客（新浪）：http://blog.sina.com.cn/dunhuangwy
本社微博（新浪）：http://weibo.com/1614982974
0931-8773084（编辑部） 0931-8773235（发行部）

北京泽宇印刷有限公司
开本 710毫米×1000毫米 1/16 印张 12 字数 190千
2013年9月第1版 2013年9月第1次印刷
印数：1～5 000

ISBN 978-7-5468-0523-8
定价：23.80元

序言

Preface

写在前面的话

收入这个集子的作品，是我从近十年来在纸媒所公开发表的短篇故事中挑选出来的。虽说称不上篇篇精品，但篇篇都是温暖故事。敦促励志，慰藉心灵，个个传奇。内容主要反映青少年学生的情感历程，记录着他们与家庭、社会那些美好的亲情与友爱，饱含对未来生活的伟大憧憬与追求。

这些年来，我一直坚持写现代传奇故事，长短不一，题材甚广，愉快地做着一名业余故事写手。直到为文化公司整理这个集子时，我才蓦然发现，自己竟写了那么多温暖人心的故事，发表遍及了国内市场上大部分故事类报刊。

回眸所写诸多题材故事，最令我意犹未尽的，难以割舍的，就是收入这个集子里的每一个温暖故事。

回乡下老家，父母总要唠叨一些村里的事；双休后上班，年轻同事们就会坐在一起嘀咕一阵子周末见闻；和朋友集会，酒过三巡，他们讲的亲历故事就更多了……我常常会被那些故事所感染，然后静静地坐在桌前，打开电脑，那些故事仿佛砸向楼顶的雨点，坠落于我的指间。特别感谢国内那么多故事期刊，大都辟有温暖故事类栏目，给我们这些偏爱创作温暖故事的作者提供了展示的平台。

当然，生活远比故事精彩，真爱远比故事温馨。

亲爱的朋友，当你觉得生活没什么乐趣时，每天疲于网上寻找新鲜奇特的事情消遣时，如果静下心来，去认真读一个故事，或许那就是一种分享，就是一份沉甸甸的收获。实际上，每个人心里总会有一个非常柔软的地方。

我希望，我的每一个故事都能走进你的心里，给那个柔软的地方一丝抚摸，一点滋润，甚或一片巨浪。

温暖是一个不败的话题。像众多文艺作品一样，这本书里的一个个温暖故事，同样会告诉每一位读它的朋友，我们正在被温暖或者温暖着别人。是啊，我们还有什么理由不去生活得更加健康、乐观，积极向上呢?

这年头，故事已成为一种产业，写故事自然就是一门手艺，可以谋生活。在以后的日子，我将会更加努力地干好这份活，向大师们学习，力争做一个优秀手艺人。

感谢选中这本书的文化公司，感谢这本书的策划人。

感谢愿意读这本书的朋友。

我真诚希望，这本书里的每一个短故事，你一读就会变长，这本薄薄的故事集，你一读就会变厚。

亲爱的，让我们用故事去温暖每一颗孤独的心……

陈笑海

2013 年春于古城荆州

目录 Contents

第一辑　品德篇

第二辑　挚爱篇

第三辑　阅人篇

第四辑　善良篇

第五辑 成长篇

第一辑

EPISODE 1

品德篇

公德比赛

市文明办和市电视台联合举办了一次公德比赛。

当初消息一播出，就有千余位市民报了名。因此次比赛要向广大电视观众作现场直播，报名者甚多，最后只得采取抽签的方式确定下来100名参赛人选。

比赛地点选在文化广场，舞台搭得高高的。比赛那天，夜幕刚降临，市民们便潮水般纷纷涌向文化广场，欲一睹全市公德比赛盛况。广场上热闹非凡，大屏幕闭路电视正上方悬挂着装饰精美的“公德比赛”四个霓虹灯大字。市文明办主任首先宣读了本次比赛的规则、答题方式和所设奖品。不过，获奖名额仅限一个，奖品为一台价值万元的多功能纯平大彩电。女主持宣布比赛开始，让持有幸运卡的100名市民入座舞台上的两个方阵。没一会儿，两个方阵里很快坐上人。台下的观众看到，男男女女的幸运市民中，老、中、青、少各色人等都有，花花绿绿的两片，在聚光灯照射下格外眩目。

最后走上舞台的是一位脚有残疾手拄拐杖的年轻人。他站在参赛选手两个方阵面前左看右瞧，均已座无虚席。接着，他又绕两个方阵走了一圈，依然没有发现一处空座。参赛选手几乎个个都翘望着漂亮的女主持，等待她发话出题，以期今晚能领走那台正搁在舞台一角的纯平彩电，根本没有人在意手持幸运卡的残疾年轻人。他朝女主持看了一眼，摇摇头，十分失望地折转身，拄着拐杖一颠一跛地向舞台下面走去。走至方阵中间位置时，只见一个方阵里突然站起身一名系红领巾的小女孩，并走出方阵，一把拉住拄拐杖的年轻人，彬彬有礼地说道：“叔叔，您入座吧。”年轻人一脸疑惑，顿了顿问她：“小朋友，你不参赛了？”“我现在弃权，叔叔，还是您参加这次公德比赛吧！”他们各自谦让了几个回合，年轻人拗不过小女孩，拄着拐杖走进方阵，坐在小女孩刚才让出的那个位置。而戴红领巾的小女孩却飞身跑下舞台，消失在黑压压的人群之中。

大屏幕放映着一段消了声的纪录片，整个舞台变得一片沉寂。

不知什么时候，女主持身边多了一位小朋友，是一个戴红领巾的小女孩。女主持止不住抹了一把眼泪说道：“各位参加现场直播的观众，电视机前的观众朋友们，现在我宣布，此次公德比赛的优胜者就是我身边这位小女孩！”

两个方阵上的参赛选手们个个露出惊讶神色。

女主持继续说道：“刚才大家都看见了，最后走上舞台的是一个残疾人，他在方阵周围来回走了足足五分钟，可是没有哪位参赛选手让座，唯有这位小朋友……”

工作人员将那台纯平大彩电搬到舞台前方，由市长亲自为这位小女孩颁发了奖品和获奖证书。

小女孩双手举起鲜红的获奖证书，在舞台上挥了挥说：“这台大彩电，今晚我要将它捐给市福利院的爷爷奶奶……”

话未讲完，文化广场上顿时响起雷鸣般的掌声。

出售文明

换季时分，街头一家店铺亮出了“出售文明”的牌匾。

这间小小的门店，被簇拥的玫瑰、美人蕉、满天星等十来个品种的鲜花挤得满满的。玻璃货柜摆放着印有诸如“欢迎您光临”、“祝您生活愉快”之类用语的精致挂毯和彩色宣传画。此店还兼营文明市民读本系列丛书，以及一些制作精美、色彩斑斓的音乐贺卡。

店主是位20岁左右的女孩，天生清秀，和颜善面，加之穿戴得体，坐在店里同室内鲜花浑然一体，娴雅而高贵。

星期天上午，正读小学三年级的雯雯跟爸爸乘公共汽车来到城区商业繁花地段。在一个站台下车后，雯雯的爸爸刚立稳脚，这家商店“出售文明”的招牌便赫然入目。雯雯的爸爸顿生好奇，拉着女儿直奔过去想看个究竟抑或购买点什么商品。可他刚把前脚迈进商店门槛，就被女店主拦住。

“先生，请看门前警示!”

还是雯雯反应快，“爸爸，先熄烟再进去——”

经女儿提醒，他才意识到自己的嘴角叼着一支烟。他一脸尴尬，连忙退出，将烟摁灭在店门前搁着的大烟缸里。

殊不知，雯雯的爸爸第二次跨进店门时竟又被女店主拦阻。他多少有些窝火，厉声道：“我们是来购物的!”

女店主莞尔一笑，“先生，请您再看看门前警示!”

雯雯的爸爸再次退出，瞥见店门前一侧立着的一块整衣镜旁写着：衣冠不整，恕不售货。他恼羞成怒，心想，自己在单位当了三四年头儿，跑过众多大中城市，尚未见到有这稀奇规矩的小商店。于是气不打一处来，吼道：

“我偏要进去！”

一旁的雯雯愣怔了，松开爸爸的手，哀求道：“爸爸，您就将皮夹克拉链拉上吧！”

“小孩懂什么，我在五星级宾馆开会都是这样子，何况进这小小商店？”

“先生，请您原谅，这是本店立的规矩，再说，这儿也是出售文明的地方……”女店主细声细语。

看有人争吵，过往路人纷纷驻足店前。

“阿姨讲得对，这儿是出售文明的地方，衣冠不整者当然会被拒之门外。”雯雯扯了扯爸爸的皮夹克，望着爸爸。

围观者愈来愈多。

雯雯的爸爸又欲发火时，人群中走出来一位打扮时髦的少妇，径直进店买来一束美人蕉送给了雯雯。

见状，围观人群一片寂静，然后散去。

此刻，雯雯的爸爸一脸歉意，连忙拉紧身上皮夹克的拉链，向店门上悬挂的“出售文明”四个金光闪闪的大字深深鞠了一躬，牵着女儿的手转身离开了。

橙子酸橙子甜

假期，小明为了参加社会实践活动，特地去当地报社批了50份晚报上街零售。从报社出发，坐了几站公交车，小明决定选择在一个菜市场出入口附近卖报。不一会儿，就有一位老大爷踩着三轮车在我旁边停下，吆喝着叫卖橙子。看来，这地方还真选对了！

那辆半新不旧的三轮车斗里装着黄灿灿的橙子。从老大爷脸上看得出，他应该是城郊的果农。很快，几个中年妇女围了上来，在车斗里挑选橙子。有个妇女问道："师傅，你这橙子甜不甜？"有顾客光临，老大爷满脸堆笑，十二分热情地解释说："橙子，是公的酸母的甜，还是自个儿挑吧。"

听到这话，小明怔住了，忙打量起老大爷的摊位。接着又有个妇女问他："哪是公的，哪是母的，怎样分辨啊？"

老大爷一面给她们分发塑料袋，一面煞有介事地说："颜色深的是公，颜色浅的是母。"几个妇女就按照老大爷的标准，各自挑选了一兜颜色浅的橙子买下，付完钱，满意地走了。有个妇女还用老大爷找的零钱，买了小明一份晚报。

看见车斗里尽是深颜色橙子，小明略带几分好奇，问老大爷："您的橙子，还分公母啊？"老大爷瞟了小明一眼，抿嘴一笑，脸上的皱纹挤出几朵花来，"橙子么，原本就是酸的酸甜的甜，酸酸甜甜才是它的本色。"嘿，没想到，老大爷说话还挺风趣呢！

有个孕妇腆着大肚子走过来，"橙子好新鲜哦，老师傅，您这橙子酸不酸？我要买一些带酸味的……"

老大爷还是那句话，"公的酸，母的甜"。小明想，这老大爷的脑壳是不是出了点毛病啊，开口闭口总是用那句话对付别人。

孕妇拨弄着车斗里的橙子，问他怎样认出公母。老大爷一副认真神情，告诉她，“脐眼大的是公，脐眼小的是母。”那孕妇得到宝贝似的，称了满满两兜脐眼大的橙子，叫上出租车，乐滋滋地离开。

小明边叫卖晚报，边在心里暗忖着，一定要看看这位老大爷到底有多少标准，来判定橙子的公母。

一对年轻人来到三轮车前，问老大爷，橙子甜不甜？

车斗里的橙子已经浅了一大截，这次看你怎样应付这对年轻人。老大爷看了一眼车斗里的橙子，还是那句老话“公的酸母的甜”。顾客也同样问他怎样辨别公母。老大爷举起一个橙子，颇肯定地介绍道，扁的是公，圆的是母……

老大爷的生意真不错。他除了告诉顾客那句老话外，还随车斗里橙子数量的减少，而不断变化橙子酸甜的评判标准：蒂把凸起的是公凹陷的是母、硬皮是公软皮是母、麻的是公光的是母……顾客呢，自然信以为真。不出两小时功夫，老大爷的一车橙子就卖了个精光。

见小明怀里还抱着一些报纸，老大爷买了一份，打了声招呼，吹着口哨，蹬上三轮车走了。那苍老的背影，似乎也记录着他一生的生意经。

是啊，这年头橙子都是经过专家改良的品种，本来就酸中有甜、甜中有酸，小明不由得从心底佩服起老大爷做生意的智慧。望着他离去的身影，小明突然想起了什么。

“老大爷，您等等！”小明大声喊着，向他追了过去……

县长与乞丐

街头那个沿门店乞讨的女孩看上去不过十二三岁，只见她弯着腰向店主伸出一只干瘪的小手，不说一句话，直到有所收获才肯收回手离去。她没有名字，也没有谁知道她的名字住在哪里。人们见惯了她弯曲身子行乞的样儿，便管叫她弯儿。

后来她知道自己就叫弯儿了。如果有人喊她弯儿，她会立马弯弓着腰将一只小手伸向你。

幸运降临弯儿同一阵雨有关。

那天县长正带领一帮子人在街上进行城市卫生大检查。中途一阵雨将县长一行淋得七零八落，逃也似的躲进沿街门店。于是就有一只瘦骨嶙峋的小手伸在县长面前。县长见状，没有急忙去掏腰包，而是用一双宽大的手托起眼前这个小女乞丐的脸。一张苍白而瘦削的脸。

“你叫什么名字？”县长问。

小乞丐眼巴巴地看着县长，不说一句话。

店主说：“她叫弯儿，是个哑巴，几条街谁不知道她？”

“你有家吗？上学没有？”县长紧紧捧着弯儿的脸蛋。县长慈祥的脸上泛起怜悯与责任。弯儿的眼角蹦出泪花。

站在一旁的县长秘书忙递上一张十元票子，示意弯儿赶快走开。弯儿没有接钞票，一双天真而忧郁的眼睛望着县长。

县长犹豫了。

县长对秘书说：“将弯儿带到县政府后勤组，安排在食堂刷刷筷子洗洗碗。”

弯儿进了县政府机关食堂。

听说是县长安排来的，后勤组的所有人待弯儿都很热心。弯儿不说话，不打任何手势，刷筷洗碗时也常常弯弓着身子，像原先在街头巷尾行乞一样。

弯儿吃住在食堂，脸上渐渐有了些红润。

不久，弯儿知道了那天在街头遇到的好人是县长。她不明白县长是干什么的，只见县长一进食堂，就有人陪他喝酒，桌上的菜也特别丰盛，收拾碗筷时就会有很多没吃完的大鱼大肉和一些不知名儿的菜一起倒进潲水桶，所洗的盘子特别油腻。她更不清楚招待县长吃饭为什么要做那么多好菜。

日子一长，弯儿觉得县长不是好人。

是年底，弯儿离开县政府机关食堂。

有人看见，弯儿走出县政府大院那天，腰板挺得直直的。

中了个治病奖

大胡是个彩迷，遗憾的是，几年来竟连个五元尾数奖也没捞着一次。

这天，他因患感冒提前下班。路经一家个体诊所时，忽然看到门前竖着一块醒目的“有奖治病”牌子。大胡眼前倏地一亮，还不由自主地轻咳两声，不假思索径直迈进专家门诊。他呆立一旁看了一会儿墙上的说明，很快懂得游戏规则，便忙不迭地掏出准备买盒“感冒清”的20元钱抽了4个专家门诊号。他运气极佳，居然有一张中了个甲等奖……

此次乃大胡第一次中奖，自然高兴得不得了，一路哼哼唱唱回到家里。正在上小学的女儿见状，随口说道：“爸爸，今个儿这样高兴，莫非中了个头等奖?”

大胡愣怔片刻，一把抱起女儿，颇兴奋地问：“你怎么晓得我中了个头等奖?”

听爸爸这样一反问，女儿也跟着兴奋起来，大声喊道：“爸爸终于中了头等奖喽——”

正在厨房烧饭的妻子丢下锅铲连忙跑到客厅，一边手不停地搽围兜，一边笑眯眯地说：“对吧，早中晚中迟早要中，那注是不是我的生日?”

以前，大胡的确买过一段时间的“妻子生日”，可屡买屡败，也便对那注丧失信心。然而妻子却奉劝他继续买那注……看妻子乐得眼睛鼻子一窝坨，大胡不紧不慢地说：“中的不是彩票奖，而是个治病奖。”

“什么，治病奖?”妻子笑容顿敛。

大胡滔滔不绝地讲起了刚才中了个甲等奖的经过。

“你是不是有病?”妻子大惑不解。

“当然有病！患感冒几天了，你不是不知道。再说，没有病看什么专家门诊呢！”大胡振振有词。

妻子打断他的话，认真地问道：“奖额是多少？”

“是八……”大胡瞪圆睛眼，还对妻子诡谲一笑。

“八百还是八千？”妻子和女儿异口同声。

“八十张专家门诊挂号！”大胡边说还边从裤兜里搜出那厚厚一叠“挂号”。

妻子和女儿看得目瞪口呆，一屁股跌坐在沙发里，半天说不出话来。

垃圾问题

全市卫生大检查即将开始。这天刚上班，甲局局长就带上他的一路人马去本局的责任路段——民主街清扫垃圾。其实，这条街像其他大街一样，环卫工人每日凌晨就打扫过了。甲局长组织人员前来参加义务劳动，说穿了，只是为迎接大检查突击一阵子，走走形式。

甲局长一班人快要打扫完民主街时，突然发现街尽头乙局机关门前有一堆垃圾。按市政府与各临街单位签订的“门前三包”责任状，这堆垃圾理应由乙局负责清除。于是，甲局长叫来乙局守门房的老头，询问这堆垃圾是怎么回事？

乙局局长听到机关门前有吵闹声，把头伸出窗外一看，老天，门前已围了一大圈子人。乙局长便走下办公楼，想弄个明白。

甲局长见了乙局长，说：“贵局门前的这堆垃圾没有处理，按规定，罚款！”

乙局长听甲局长这么一说，气不打一处来，说：“这条街是你们甲局的责任路段，要罚应罚你们！”

就这样，甲局长同乙局长争吵起来。乙局机关的人也陆续下来争辩。

不知是谁给“城环委”挂了个电话。城环委的丙主任迅速赶到。丙主任瞧了瞧乙局门前堆着的垃圾，问乙局长到底是怎么回事？

乙局长说：“你们的环卫所把钱收走，不清运垃圾！”

丙主任解释说：“最近环卫车坏了，这堆垃圾的清理工作由……”丙主任噎了半天，也没说清究竟归谁负责。

这件事，很快被反映到市政府。分管城建工作的丁副市长让人通知甲局、乙局以及环卫部门的负责人到市政府小会议室召开协调会。市报社、电台、电视台的记者也被通知到会。丁副市长说："离全省城市卫生大检查只有一天时间了，今天重点解决乙局门前的一堆垃圾问题。垃圾不多，问题严重，弄不好会给全市抹黑，给省检查团留下坏印象。如不及时清除，各新闻单位要对这个问题进行公开曝光！"接着，让大家发言。

甲局长说："我们只负责民主街的卫生管理工作。"

乙局长说："我们交了环卫费，没有义务清运垃圾。"

丙主任说："垃圾车坏了一辆，全市范围大，车忙不过来。"

这可把丁副市长难住了。丁副市长只好再次重复市政府的有关文件和规定，结果，仍无哪个单位愿意清除这堆垃圾。他最后说："请政府办公室的同志将这次城市建设协调会的纪要整理出来，呈交市委常委会研究解决。"

不料，丁副市长要宣布散会时，市政府办公室的一位同志进来报告说，今天上午，乙局门前的垃圾已由民主街小学的一群少先队员清理走了。

将军

将军回到江南老家正值七月，乡亲们收割稻子的时节。这次回来，将军只带了一名兼警卫的秘书。

将军刚进门，将军爹便说："回来得好，家里割稻子正缺劳力呢！"说完，老人找出一把镰刀和一条扁担，递给了将军。将军脱掉鞋袜，裤腿挽得高高的，欲跨出门槛时却被秘书拦住："将军！"

"快下地呀，等一会儿，太阳就要落山！"老人催促，声音拖得长长的。

秘书看了将军爹一眼，说："将军旅途劳累，不能下地干活，我要对将军身体负责，不然，回去后咱不好交代啊！"秘书慌了，想夺去将军手里的工具。

"要儿子干活，没犯法！"老人怒了，提高嗓音，"他难得回家干一次的，干两天后回军区。"

将军下地了。

将军虽有 50 多岁，但他身材高大魁梧，挥镰割稻像舞旗，动作快捷而富有节奏。一大担"稻把子"往肩上一撂，走起路来像当年扛枪赴战场，健步如飞……将军英雄不减。

听说将军回老家，许多乡亲都赶了过来。大人小孩围着将军，请他讲战争故事。

将军坐在田埂上，给大家讲开了。一个接一个的战争故事，乡亲们听得如痴如醉。讲到惊险处，将军站起身来做动作，大家听着听着，时而毛骨悚然，时而仰天大笑，博得一阵阵掌声。

这天夜晚，将军的几个孩提朋友拿来自己酿的米酒，说一定要敬将军这一碗。将军非常乐意，兴致也很高，和几个儿时伙伴谈得挺开心，仿佛回到从前的时光。他们一碗接一碗的米酒直下肚，也不觉得醉……这一个个精彩镜头，全都给秘书拍下了。

第三天，将军要回军区。乡亲们闻讯赶来送行，拥着将军爹，把将军送到村口。将军回过头，泪水涟涟地向大家挥手。将军说："我永远是农民的儿子！"

门面转让

女人做服装生意，店铺开在闹市区。门面不大，只有七八平方米，经营清一色的女款式。

一天夜里，女人问男人：“生意清淡，想个啥法？”男人在机关上班，整天忙得团团转，哪来闲情考虑妻子的生意？好在女人属那类吃苦能干的女性，进货营业一人担当。乘晚班车去省城进货，翌日中午便回来照常营业，连盹儿也不打一个。

无奈商场如战场，尽管女人想办法苦心经营，可眼下的生意仍不如以前红火。女人说：转门面。男人听后，顿了顿，“这些年，你做生意辛苦了，可单位还没给你落实，门面暂时不能转，”他想了想，安慰女人似的，接着说，“无论怎样，做生意比拿工资要强些！”女人说，店铺的事别管，你写块“门面转让”的牌子是了。

女人把上书“门面转让”的牌子竖在店铺前，十分显眼。来往行人路过，必张望一眼这块醒目的招牌。顾客进店，女人总是说，门面转让，服装亏本销售。别人心想，门面都快转了，哪有不便宜的？再瞧一瞧门前立着的牌子，笃信无疑，买一件，机会难得！

以后很长一段时间，女人在她男人面前再没提及门面转让之事。她一心扑在生意上，努力经营着她的服装店。

三个月下来，女人告诉她男人，店铺赚了不少钱呢。男人颇吃惊地问：“不是要转让门面吗？”女人说，淡季已过，还转让啥？她见男人一脸困惑，笑了笑，一字一顿地说：傻瓜，这叫经营策略。

转眼，女人的服装生意又进入了旺季。

穷人的香肠

雪霁初晴，住宅院落的邻居都争着把腊货晾晒出来，朝楼上一望，几乎家家户户阳台上都挂着一串串香肠。读小学二年级的儿子中午放学回家，进门就惊叹地问道，我们家怎么没灌香肠啊，我最爱吃香肠了。妻子和我凄然一笑，心里酸酸的。是的，我也下岗了，自去年九月份开始就没领工资的地方，自个儿在家里读书写作，一月的柴米油盐都难以挣到，哪还有钱置办年货呢？以往，每年底单位都要发一笔肉食补贴，去菜市灌一两百块钱的香肠是办年货的重要内容，可今年没那样奢望过。

看见别人家阳台上挂的香肠晒得黄金亮色，油油腻腻，儿子嘴馋得不行，每餐饭前总要问一句："今天有没有香肠？"儿子每闹一次吃香肠，妻子的眼睛都要濡湿一次。

城里进行电网改造，连续几天停电，不能电脑写作，就想去附近的菜市逛逛，看能否给儿子灌几斤香肠回来。老天，肉案上的瘦肉五斤起剁，八元一斤没还价余地。回头再看看日杂干货摊前拥挤的市民，原来他们大多提着大桶小桶的精肉站在那里排队灌香肠。掂掂内衣口袋的一张五十元票子，只能称上六斤瘦肉，灌了香肠不吃饭啦！看来，想给儿子灌几斤香肠办不到了。

菜场一侧是家超市，我快快地踅进去。在副食货柜前转悠一圈，就有四五个女营业员向我推荐糖果与甜食，我没钱就没吭声，又转到腊货橱窗前。这里的腊货应有尽有，比住宅院里居民翻晒的鸡鱼肉之类颜色纯亮得多。站在那些香味扑鼻的腊货前，我假装左挑右拣，好半天才对营业员说："称两斤香肠。"腰间系大围兜的女营业员的脸一下子由晴转阴，刚才的殷勤转瞬即逝，乜斜我一眼，满面疑惑："称两斤香肠？"

我“嗯”了声。

女营业员才极不情愿地给我割下四小节“边角余料”，一称两斤半（计二十五元）。她嘴里还不停嘀咕着：“刚才一位老奶奶称了二十斤香肠呢。”她的话声音很低，但我还是听明白，我想对她说家里灌了几桶香肠，到超市买两斤仅仅为了吊胃口……话到嘴边，我终没能说出口。提起两斤半香肠阔步走出超市，心里想着，今天中午就给儿子蒸香肠。

可是，妻子并没有急着要给儿子蒸香肠，而是把那几节可怜巴巴的香肠挂在阳台显眼处。妻说，香肠没晒干，晾几天太阳后再炒会更香。妻转身走向厨房，我的泪却一涌而出。

寒衣

转眼又到了捐赠寒衣寒被扶贫的时候，同往年一样，苏处长得捐一件像样的寒衣。他几次想把自己的两件新军用棉袄捐赠出去，但转念一想，自己的老家也在农村，那里也有不少亲戚是贫困户是灾民，过年也没件好衣裳穿。于是，苏处长今年拿定主意，决定捐出妻子的一件已多年未穿、至少还有七成新的红色呢子大衣。

这次捐赠，苏处长突发奇想，就是用一张写好他姓名和地址的字条包50元钱，放进呢子衣内一个较隐蔽的口袋中。苏处长心想，要是哪个灾民分到这件呢子衣，准会给他写一封感谢信。

过年了，苏处长偕妻儿回到居住在山沟沟里的老家。听说他们回老家过大年，许多亲戚朋友前来同苏处长一家人聊天。

苏处长有个叫大牛的同学，把他拉到一旁说："年前，村长给俺婆娘分一件衣裳，像新的，说是城里人捐给农村贫困户过年的。村长让我写封信，感谢他们。你文化高，麻烦你帮个忙。"

大牛是苏处长的小学同桌，五年级没读完就辍学，帮生产队喂牛，为父母挣工分。苏处长听父亲说，大牛是村里的特困户，县委书记曾来过他家，还亲手给了他300块钱呢。

见大牛一副憨厚相，乡里乡亲的，苏处长想推也推不成，就找来纸和笔。大牛一边说，苏处长一边记：我们这地方山多，地里不长庄稼，很穷，一年到头买不起一件新衣，要不是你们城里人送来一些救济衣服，俺婆娘还没件像样的衣服过年呢……说着说着，大牛的泪水开始往外涌……不知不觉，苏处长写了满满三页纸。他将信交给大牛后，心里沉甸甸的，朝天叹了一口长气。

正月初五，苏处长和妻儿离开老家时，大牛和他的婆娘前来送行，还送来用洗衣粉包装袋装的两包芝麻糖。大牛婆娘说："咱们乡下人，过年没别的东西送你们城里人，就这土玩意儿……"苏处长接过塑料袋，没说一句话，只是静静地看着他俩。大牛婆娘身上穿的一件红色呢子大衣，映红苏处长一家人的脸。苏处长认真瞧了瞧，那件红呢子大衣有些似曾相识的感觉。

春节后上班的头一天，苏处长果真收到一封来自本省偏僻农村的信——

苏先生：您好！

俺分到您捐赠的那件红色呢子大衣后，本想给正在上中学的女儿过年穿，可她坚决不要，也不允许她娘穿。俺女儿说，城里人怪病多，比癌症还要厉害，染上后就没命了。后来，俺将这一情况报告给村干部。大年初一这天，村里广播一喊，大伙儿都将分得的旧寒衣寒被全送到村里，村长一把火给烧了……

没看完信，苏处长苦笑一声，干别的事情去了。

爱心鸡蛋

青山乡是著名的贫困乡，但山坳里的鸡蛋同样闻名，乡政府特地注册了“青山”牌土鸡蛋。这天，市电视台要在青山乡现场直播“田野风”节目。当然，这一消息早已传出，乡政府还在山坳的一块空地扎好大舞台。广告商也自然不会错过商机，几天前就在直播现场高高悬挂起大气球广告。整个青山乡像过节一样，处处洋溢着喜庆色彩。

现场直播这天，来自市里的领导、企业赞助商和特邀代表把中心位置坐得满满的。青山乡组织的农民代表队方阵只得围坐两侧和后排。虽说是“田野风”直播节目，但也少不了花枝招展的女歌手扭腰摇臀。当一位青年女歌手唱起《慈祥的母亲》时，漂亮的女主持将一位头发花白的老奶奶扶上舞台。女歌手的嗓音更加圆润了，她一边搀扶着老奶奶，一边引吭高歌“慈祥的母亲……”

女歌手唱罢，男主持走上前，指着老奶奶向大家介绍，老奶奶是福利院的五保户，一生无儿无女，云云。最后话锋一转，“青山乡除好山好水好风光外，还有迩尔闻名的土特产——青山鸡蛋。”此时，从后台窜出四名手提竹篮的小学生。男主持拍了拍身边的小学生说，“这四个小鬼手里提着的全是‘爱心鸡蛋’，由他们现场销售，所得收入将全交给老奶奶。”他拿出一枚亮给台下的观众看，“这鸡蛋上都写有‘爱心鸡蛋’四个字……”

直播现场响起《爱的奉献》乐曲，四个小学生走下舞台开始卖“爱心鸡蛋”。

不一会儿，四名小学生带着钞票返回舞台，和女主持一道清点票子。

这时候，男主持从一位小女学生的竹篮里取出一枚鸡蛋，问：“小朋友，你怎么还有一枚爱心鸡蛋没卖完啦？”

小女学生回答：“这枚爱心鸡蛋是留着现场进行拍卖的！”

男主持举起那最后一枚爱心鸡蛋，接过话题："参加现场直播'田野风'的各位观众，现在就开始拍卖这枚爱心鸡蛋，起价为200元。"

台下先是"哗"地响起唏嘘声，紧接着是商人、企业家和大款们此起彼伏的竞价声——

"220元！""450元！""600元！"

面对黑压压的一片观众，男主持在台上转来转去，麦克风里不断传出拍卖声："还有没有高价、还有没有高价……"

然而，那个"600元"之后，再也没有其他喊价声。除舞台音乐外，整个会场几乎鸦雀无声。因没有拍卖到预期的价格，男主持不得不一次次重复那句"还有没有更高价"。

女主持见状，赶紧从后台跑过来救场。她接过男主持手中的那枚"爱心鸡蛋"，对大家说："这枚爱心鸡蛋目前已卖到600块了，现场的观众朋友，还有没有出更高价的?"台下零星响起骚动声，不过，直到《爱的奉献》音乐放完，仍没有人叫出更高的价位。女主持也不得不一次次重复叫喊"还有没有更高价"。见台下没有任何反应，她拿着爱心鸡蛋的那只手伸出一个指头，笑盈盈地说，"如果有谁出到这个价，我将送给他一个意外惊喜！"

"除非送一个香吻！"寂静的直播现场，突然冒出这么一声吼叫。接下来，是少数人的吆喝与应和："送一个香吻，送一个香吻……"

因是现场直播，涨红脸的女主持不便发作，只得张扬双手往下压，示意各位保持安静，也默认了大家的要求。在女主持的继续拍卖声中，奇迹终于出现了，只见一个西装革履的帅小伙大踏步地走上舞台。女主持看到他，眼里掠过一丝不易被人觉察的尴尬。帅小伙径直接过女主持手中的爱心鸡蛋，转过头对观众说："我出1000元买下这枚爱心鸡蛋！"帅小伙边说边从西装内口袋里掏出一叠簇新的百元票子递上。女主持正要清点，帅小伙说，"不必清点，1000元，只多不少。"

此时此刻，台下的目光全都集中在青春靓丽的女主持身上，等待着她现场兑现承诺。帅小伙也感觉到台下那一道道不同寻常的目光。他接过男主持的麦克风，神情怡然地说："女主持的惊喜我就不要啦，不过，我有一个小小请求，那就是想和女主持一起共同为现场和电视机前的朋友唱一首《爱的奉献》!"

他们刚刚开始唱，台下已经响起雷鸣般的掌声。

奖你一条街

阿奎踩着三轮车，吹着口哨优哉游哉地回家，碰巧，遇到刚从酒馆出来的城管老王。这王城管，阿奎太熟悉了，让他既感到害怕，又有几分敬畏。正想怎样回避时，不料，王城管一把抓住他的手，摇了摇，喷着响亮的酒嗝：“阿奎，你卖小菜不容易，可我这个老城管也不容易，这样吧，那条民主街就奖给你……”

“民主街奖给我？”阿奎一头雾水，真不知王城管葫芦里装的啥药。他拍了拍脑袋，仍没想清楚到底是怎么一回事。

“没错，奖给你，明天正好是双休，阿奎，老王完全相信你！”王城管摆摆手，摇摇晃晃地和几个人上了一辆车。

阿奎下岗后，一直踩着那辆破三轮车卖小菜。为了逃避市场摊位费、管理费、卫生费，他不敢贸然进菜场，只得自个儿在街头巷尾转悠叫卖。城管赶来，他便鞋底擦油，蹬上三轮车开溜。一年上头，阿奎都在和城管玩躲猫猫游戏。

最近，阿奎一直在王城管的地盘上卖菜，两个人躲猫猫的次数多了，反倒混得更亲切了。民主街虽说是一条千米来长的巷子，可连着两条主街，人流量非常大。阿奎忽然明白了，原来是王城管善心大发，把民主街奖给他，意思是允许他今后可以在民主街摆摊卖菜，从此再也不用提心吊胆，躲猫猫了……想到这里，阿奎心中窃喜，回过头，朝王城管离去的方向望了好一阵子。

路过一家熟食店时，阿奎特地称了点花生米、半只酱板鸭，回到家，便美滋滋地喝起酒来。他老婆在一家事业单位当保管员，加班回来晚了些。见阿奎正一个劲儿地喝酒，老婆问他有什么喜事，是不是买彩票中了奖什么的。

阿奎一脸兴奋，眉飞色舞，把王城管照顾他的那件好事给讲了。

老婆直摇头，说她在报纸上看过，近期上面要开展大检查，城管部门正在抓紧时间整治占道经营、沿街叫卖。

阿奎不信，又自斟自饮了一杯，对老婆说：“这是承蒙人家老王瞧得起，才把民主街奖给我阿奎呢!”这个夜晚，阿奎睡得特别香。

第二天清早起床，阿奎看到老婆手上提着一只塑料桶，桶里装有铁刷、铁铲、毛巾，一副就要立即出门的样子。阿奎疑惑不已，不知老婆中了哪门子邪：“你这是干啥呀?”

“走，除牛皮癣啊!”

“你单位组织义务劳动?”

“什么义务劳动，都是因为你得的那个奖!”这时候，老婆来气了，把塑料桶往地上一掼，“昨天一定是那个王城管喝醉了酒，说话舌头打转，把民主街交给你说成奖给你了……”

阿奎还是有些不明就里。

老婆颇有几分恨铁不成钢，拽了下阿奎的胳膊，然后告诉他：“昨晚你睡后，那个王城管打来电话，说你长期在他管辖的几个社区乱摆乱卖，也一直未曾处罚你，正好赶上这次区里号召除牛皮癣，他便想到把民主街交给你去完成。”阿奎顿时瞪大眼睛，晕倒在沙发上……

诚信无价

这年头，公墓附近都兴起了集市，生意越做越红火。有位老大爷在一个废弃窑场前搭了个棚子，专门卖冥币、纸钱、香烛、纸幡之类的祭品。当然其他店铺也卖这些，但只是个搭头，而老大爷的摊位却是祭品专卖。

老大爷性格孤僻，很少与别人往来，没有谁知道他的身世。不过，有人发现了老大爷的怪异举动，每隔一段时间，他就要趁天黑前提一只黑袋子去墓地转悠，然后踏着夜色返回棚子，来去匆匆，神神秘秘。后来，墓园里发生了几起骨灰被盗事件，人们就更加注意老大爷的诡谲行踪了。于是就有人悄悄跟踪他，结果发现，他只是在一些墓碑前敬几炷香、烧几沓纸钱，并没有其他动机。他哪来这么多亲人啊，莫非是老糊涂了……集市上，很多人都表示不理解老大爷。

这件事很快引起媒体关注，有个记者满以为可以挖出一条独家新闻，便开始暗里采访，观察老大爷。除了得知老大爷姓詹，记者再没有一点新收获，无功而返。

转眼到了清明前夕，那记者仍有几分心不甘地来到詹大爷的棚子。他的生意不太好，屋子里有个老板模样的外地人正在同他谈论些什么，临走时，还交给他一沓钞票，说是下一年度的辛劳费和祭品钱。

那记者曾找詹大爷采访过几次，可他不愿意说什么，就把那外地人拉到一边，想间接采访他的有关情况。

原来，那个外地人姓章，刚从台湾赶回大陆祭奠老父亲。两年前，父亲去世，按父亲生前愿望，章先生把骨灰带到大陆老家，安葬在这个新建的公墓园里。而在他生活的高雄乡村有个习俗，那就是，家中老人去世的前三年，每月农历初一、十五，都要在坟头烧香化纸。为亡灵哀悼，为生者祈福。章先生在大陆老家这边没有亲戚，不能办到。他便在公墓附近寻找合适人选为他进行有偿服务，可找了许久，没有一个人情愿帮他这个忙，最后找到了在路边摆祭品摊的詹大爷。章先生请他每月初一、十五替他为老父亲上香烛、烧纸钱，每年支付劳务费和成本 2000 元人民币。詹大爷欣然应允下来，已坚持两年时间，他信守当初承诺，按时为章先生的老父亲送祭品……

“章先生，你相信詹大爷做到了吗？”听说了这件事，记者颇有几分疑惑。

“相信，在老父亲墓碑上，那一大片被檀香薰成的褐色，就是最好答案！”

詹大爷为何要给好几座墓敬香烧纸呢？难道……那记者以职业的敏感，认为詹大爷背后一定还有更加丰富的故事。几经周折，记者终于解开詹大爷心中的秘密。

詹大爷曾在旧军队当过兵。一次，他们同日军交火时，空中突然飞来一颗炸弹，战友们一起扑向了当时在连队年龄最小的詹大爷，把他压在最里面。结果，炸死了六名战友，而他却活了下来。因他受过伤，回到地方后一直未婚，至今仍孤身一人过日子。为纪念死去的战友，他请人做了六块灵牌，供在家里，并常年为他们守灵，装香化纸。后来，听说城郊新建一处公墓园，加之自已也老了，就在公墓管理处购置了六个墓位，并为他们各自立了一块高大的石碑，刻上他们的名字……

记者为此写了一篇报道，还配了詹大爷的照片在报上发表。就在报纸出版当日，编辑部就接到孤儿院院长的电话，说那个詹大爷就是连续三年为他们捐款达 8000 元而又不肯留下姓名的人。

区长买鱼

开完会，新上任的区长婉拒宴请早早地回到家里，准备同夫人一道做午餐吃。这时候，楼下忽然传来叫卖声："卖鱼噜，新鲜的河汊鱼……"区长夫人朝楼下看了看，只见一个农民模样的老头儿挑着一副担子，周围还有几位买鱼的。夫人就让他下楼去买条鱼回来，中午熬新鲜鱼汤喝。

待买鱼的几个熟人离开，区长才走到老头儿跟前。

老头儿打量过区长几眼，顿了顿笑着说："买条鱼吧，这是刚从河汊里打捞起来的新鲜鱼，保证比圈养的味道好！"区长弯下腰，欲在用塑料布兜着水的篼箕里挑选一条鱼。老头儿指着嘴边有须正在水里摆尾的一条说："这条鲢鱼熬汤，滋补身体蛮好的！"看着鲢鱼嘴边两根正在摇动的溜须，区长满意地点点头。老头儿从水中迅速捞起那条鲢鱼称了。区长付款时，老头儿找零差几毛钱也没要。

中午，区长夫人熬好新鲜鱼汤端上餐桌。区长先赞美了一番夫人的厨艺，再拿起勺子开始喝汤。区长喝了一小口，眉头就皱了起来，接着又喝了一口，并在嘴里咂了咂。区长觉得那味道很不对劲，便放下勺子，对仍在厨室忙饭的夫人说："你暂且停停，过来喝勺汤，看有没有什么异味？"夫人说："刚买的新鲜鲢鱼，哪有啥异味的。"说完，夫人走到餐桌旁用勺子舀了口尝尝。刚尝了一口，她就懵了头，心里暗忖，熬得好好的新鲜鲢鱼汤，怎么……区长问："到底是什么味道？"

夫人一脸疑惑地说："明明白白熬得好好的新鲜鲢鱼汤，怎么会有一股淡淡的煤油气味呢？"

区长和夫人正为此事纳闷时，区长秘书来到他们家。区长夫人害怕自己的味觉神经出了毛病，就让秘书也喝了一口。秘书咽下鱼汤，脸色陡变，说道："区长，这鱼八成有问题，不能再吃啊！"秘书询问了有关情况，区长夫人就把区长刚才买鱼的事情全给讲了。秘书最后说："我一定尽快找到那个卖鱼的老头儿，查清此事！"

秘书在区长家办完事下楼，立即给区工商分局长打电话，向他反映这一情况。

工商部门很快寻找到那个在区委住宅大院卖鱼的老头儿。

老头儿是城郊栗林河畔的老渔民，一辈子靠打鱼为生。老头子还反映说："鱼是从栗林河里用网打上来的，栗林河上游，区里有好几家化工厂，水中的鱼虾哪会不受影响，那些鱼吃起来当然就有了异味……"

秘书把他所了解到的情况及时向区长一一作了汇报。

当天，区长就带上秘书驱车前往栗林河。区长也是在栗林河边长大的孩子，对栗林河有一种特殊的感情。看到昔日清澈明亮的河水如今已变得浑浊污秽，还有闪着五颜六色亮光的泡沫不时从上游漂流下来，区长的眼睛潮湿了，语气坚定地对身旁的秘书说："本届政府，治污决不能手软！"

第二辑

EPISODE 2

挚爱篇

神秘的校花

高三上学期，班上转来一名叫易湘荭的女生。她到校上课的第一天，同学们眼睛一亮，只见她身段窈窕婀娜，皮肤细洁白皙，尤其是一头瀑布般的披肩长发，更是飘逸，气质非凡。

易湘荭走在校园里，总能招徕众多艳羡的目光。几个住城里的学生竟在操场上公开发表评论，称易湘荭是全校佼佼者，是目前当之无愧的校花。

一个星期过去，全校师生都知道我们班上的易湘荭是校花了。

平常一下课，我们的教室门前总会围上一大圈学生，他们竞相将头探进教室，以一睹校花之风采。可易湘荭只是埋头看书、演算习题，从不与那些男生搭讪。

易湘荭属那种文静娴雅的女孩，课间休息很少走出教室，更不会同班上的女生说说笑笑，只是一个劲儿地埋头做功课，连皱眉也是一副哲人模样。偶尔，易湘荭和邻座的同学说上几句，同样全是学习方面的话题。放学后，她总要将课桌屉子里的课本全收拾干净，再背着那个宽大的双带书包，头也不回地离开教室。

易湘荭给人一种神秘的感觉，她的一举一动，全都被同学们看在眼里，记在心头。

渐渐的，有几名长相潇洒的同学向她发起攻势，开始悄悄给她写信。

那时，我们的课桌是翻盖屉子，下了晚自习，常有同学去“检阅”易湘荭的屉子，可在里面连一张她用过的草稿纸也找不到。坐她前排的杨裕是同我一道从乡下初中考进市一中的，我们之间十分随便。有一天，杨裕突然告诉我，易湘荭的屉子里有三封没署地址没盖邮戳的信，可以断言，那是本班抑或其他班级的男生写给她的情书。他起初以为是易湘莊同学没有发现，可过了几天，杨裕偷偷地打开她的屉子，竟发现三封信仍原封不动地躺在里面睡大觉。

在同学们眼里，易湘莊神秘兮兮，高不可攀，是“冰美人”式的校花。因离高考越来越近，同学们也就没有在校花身上过多地花费时间了。但是，班上还是有已将易湘莊作为追求目标的男生秘密地跟踪过她。很快便有人报告，易湘莊住在市人民医院。紧接着，就有更痴情的男生每天起大早在市人民医院门前恭候她。我的老乡同学杨裕也“陪送”过她好几次，可易湘莊对他说：“高考迫在眉睫，让咱们抓紧时间比拼高考成绩吧！”

转眼，高考结束了。学校门前的宣传栏贴出一张张喜报，易湘莊以高分被武汉大学录取。我和杨裕也榜上有名。

由于我和杨裕的家离城里有近一百里路程，去学校拿录取通知书时，我们班上就只剩下最后几名同学的没领走了。杨裕和我接过通知书，我们发现班主任老师的公文夹里仅剩易湘莊的一份通知书了。因她是中途转入市一中的，班主任老师不知道她家的确切住址。杨裕忽然折转身，对班主任老师说：“我知道易湘莊的家庭住址，在市人民医院。”于是，班主任老师让我们去给她送通知书。

我们问了市人民医院家属区的门卫老大爷，他说，那里没有一个叫易湘莊的女孩，整栋大楼里连一户姓易的住户也没有，更没有听说医院有个参加高考的女生……我们带着易湘莊的通知书准备返回学校时，路过一栋住院楼的走廊时，惊奇地发现，一间病房挂在墙上的登记栏上赫然写着“易湘莊”三个字。杨裕箭步跨过去，怀着好奇心向当班的一个护士打听：“请问，易湘莊在这儿住院吗?”对方看了我们一眼，轻轻地说：“103 房。”

易湘莊真的住院了？我们一怔。

杨裕对我说：“易湘莊病了，你等着，我去医院门前的超市里买点礼品。”

我知道，杨裕也曾给易湘莊写过几封情书，这次可是他大献殷勤的好时机。等了一会儿，杨裕手捧一大束康乃馨朝我走过来，拉上我，直奔住院部 103 号房。

103 号房只住着一个病号，病榻上躺着的还是一名秃了顶的人。我们处近一看，天啦，那个秃了顶的人竟是易湘莊！

见我们给她送鲜花来了，易湘荭强撑着身子坐起来，一脸惨白，吃力地告诉我们："进高中时，我就患上一种怪症，几年过去，头发也差不多快掉光了。为了参加高考，又不耽搁治疗，父母便将我从另一所离市人民医院较远的中学转到市一中。你们看到的那头披肩长发，是两年前姐姐特地从深圳为我买的……"

杨裕将通知书递上，易湘荭颤抖着双手接过，幸福地笑了。

送给老师的红玫瑰

读小学四年级时，我们班换了语文老师。新任教的语文老师是一个女孩，既年轻又漂亮，刚从师范学校分配来的。她姓赵，因学校还有另一位赵老师，于是，其他老师都管叫她小赵，而我们就叫她小赵老师了。

小赵老师上第一堂语文课时，便为我们布置了一篇作文，题目是《九月的早晨》，要求我们当堂课完成。我平常最爱上的就是作文课，加之家里有大姐的作文辅导，写作文早已成为我的一碟小菜。不出半小时，我就向小赵老师交了作文。第二天，小赵老师将我写的那篇《九月的早晨》当做范文，在全班同学面前朗读了，并作了一番很高的评价。

从那天起，我就喜欢上了小赵老师。如果哪一天没有语文课，见不到小赵老师，我心里总会产生一种莫名的失落感。小赵老师上语文课时，我也特别爱听讲。课堂上，她提出的每一道问题，我总是第一个举手，以期待她的点名回答。

大姐 19 岁生日那天，她的男朋友给她送来了 19 枝红玫瑰。趁大姐忙家务活时，我问大姐的男朋友："你为什么要给我大姐送红玫瑰呀?"

他思忖了片刻，然后告诉我："如果一个男孩喜欢一个女孩，男孩就会给女孩送红玫瑰。"

听了，我心头一热，似乎得到了一件什么宝物。我不是挺喜欢小赵老师吗，我决定要给她送几枝红玫瑰。

这个夜晚，我一直注视着大姐男朋友送给她的那些红玫瑰。大姐将 19 枝红玫瑰插在一只盛满水的罐头瓶里，我十分害怕她会将红玫瑰藏起来。因为，我明天就要从这只罐头瓶里抽出几枝红玫瑰送给我最喜欢的小赵老师。第二天起床，我就从那19枝红玫瑰中悄悄地选择出8枝新鲜并开得正艳的红玫瑰，学着昨天大姐男朋友的样儿，用一块白色塑料布将8枝红玫瑰裹住，快速向学校奔去。一路上，有同学问我："喂，你手里拿的鲜花送给谁的呀?"我只顾走自己的路，只想快点到校后，将这8枝红玫瑰送给小赵老师，根本没一点心思理会他们。

到达学校了，我径直朝小赵老师的单人寝室走去。"报告——小赵老师，我给您送红玫瑰来了!"

小赵老师连忙转过头，一脸惊诧，问："谁让你送来的?"

她的话没说完，我就将手里的一束红玫瑰放在她的单人床铺上，然后才颇尴尬地告诉她："小赵老师，是我给您送的红玫瑰。"

见我一脸羞涩地愣在她面前，小赵老师拿起那束红玫瑰，一边凝视红得透亮的玫瑰，一边用手摸摸我的头，又问："你从哪里弄来的红玫瑰?"我说是从自己家里拿来了。

"你父母让你送的?"

"不是不是，我自己送给您的，我大姐的男朋友说，如果男孩子喜欢女孩子，就一定要给她送红玫瑰的。因为，我是男孩子，您是女孩子……"

就这样，我将8枝鲜艳的红玫瑰送给了我最喜欢的小赵老师。

不久，全班同学都知道了我给小赵老师送过红玫瑰的事儿。班上几名年龄比我稍大的男同学开始当面笑话我了："嘻嘻、嘻嘻，给小赵老师送红玫瑰哟，羞不羞……"我只好埋着头，任他们奚落。过了几天，同学们也就忘了我送红玫瑰给小赵老师的事情。

终于有一天，不幸降临了我。

星期五放学回家的路上，小赵老师教的另一个班上有两名男生拦住了我的去路，问道："你是隔壁班的吧?"没等我开口回答他们，其中一名高个子男生就伸出巴掌朝我扇过来，"噼叭噼叭"地打得我眼里直冒火星。

我惊慌失措地随手拾起路边的一块石头正欲反抗时，另一名男生又开始对我拳打脚踢，并破口大骂道："你知道吗，小赵老师是我的女朋友！全校只能我王阿强一个人喜欢她，你听见了吗?"他还夺去我手里的砖头，在我的头部狠狠砸了一下……

等第二天醒来时，我已经躺在附近一家医院的住院部里。小赵老师手持一束红玫瑰正和我的大姐说些什么。

见我睁开眼睛，小赵老师就将她手持的一束红玫瑰放在了我的床头，轻轻地对我说：“你知道吗，女老师喜欢男孩子，也要送红玫瑰呢，这不，我今天不是给你送红玫瑰来了吗?”小赵老师还给我带来了一本《格林童话》和一本《小学生优秀作文选》。

一周过后，我出院了，王阿强当着全校师生向我认错了。从此，学校再也没有哪位同学谈论我为小赵老师送红玫瑰的事情了。

第二学期，我随父亲的工作调动，转至县城的实验小学去念书。

临走那天，我们全家来到小赵老师的单人宿舍，将一大束火红的玫瑰送给了她。母亲说：“小赵老师，我们全家人都祝愿你永葆红玫瑰的气息与娇艳!”

明星粉丝一家亲

可怜天下父母心

听说紫菜要到市电视台会客厅和歌迷见面，李小莲再也坐不住了。李小莲自然是紫菜的超级粉丝，MP5 里全是她唱的歌，就吵着摆水果摊的爸爸找熟人弄张入场券。看女儿整日乐颠颠，一副若无其事的神情，老李心里难受呀。为何？李小莲刚上初中三年级，不料，前几天却被检查出患上脑瘤病。医生说，要治愈起码也得花 15 万块。检查结果捏在老李手里，而李小莲本人却全然不知。15 万块，凭老李现在的家当，即使把自己这条老命搭上卖掉也凑不齐啊！如今，只有眼睁睁地看着女儿病情恶化，愁得老李恨不能跳河。

老李的水果摊就摆在市广电大院附近，和电视台的许多人都挺熟络，没有费多少神，他便给女儿争取到一张入场券。

这天下午，李小莲早早地赶到市电视台明星会客厅，可这里早已坐满紫菜的“QQ 糖”。因为紫菜今晚在本市人民剧院还有一场演出，姗姗来迟的她微笑着向大家挥挥手，粉丝们一下子沸腾起来。李小莲抢了个优势位置，率先让紫菜签名……见到女儿在电视上比生活中更加活泼漂亮，老李又喜又悲。这几天来呀，老李瞒着女儿借遍亲戚朋友，加之所有积蓄，总数还不足 10 万块。

老李下午没出摊，守在电视机前收看明星会客厅节目。电视里，紫菜一边接热线电话，一边和“QQ 糖”面对面地聊自己的音乐历程。

明星会客厅有个互动环节，为了让女儿能够和她崇拜的明星来一次亲密接触，老李不停地拨打热线电话。好不容易才打进去的。老李告诉紫菜，在她对面那群歌迷里，有个叫李小莲的女孩，如今已身患脑瘤，希望明星高抬贵手，能够给一次机会，和她合唱一首喜欢的歌。老李在电话里还说，他就是小莲的爸爸，女儿暂时还不知道自己的境况，请紫菜一定替他保密。老李还悲戚地埋怨自己说，目前只是由于家庭经济拮据，还没凑到那笔昂贵的医疗费，女儿的病仍拖着……说到这里，老李已泣不成声了。

可怜天下父母心。接到这个热线电话，紫菜心里忽地“咯噔”一下，在电话里当即答应了老李的请求。

和明星亲密接触

接下来，就是明星与粉丝的互动环节。

在女主持帮助下，紫菜十分高兴地邀请出李小莲，并让她选择一首歌。李小莲觉得自己颇幸运，激动得喘了好一阵子粗气，才挑了她特别喜好的那首《下一站的幸福》和紫菜唱起来。以前，紫菜在其他地方做嘉宾主持，和粉丝互动时只唱一段。而这次，她把整首歌都给唱完了……李小莲幸福得淌下了热泪。

最后，紫菜还在会客厅里作出了一个惊人决定，那就是，她要将今晚演出的出场费6万元全部捐献给本市一位身患重疾的歌迷！会客厅里顿时响起雷鸣般的掌声……

看到这里，老李心头一热，假如真是这样，女儿的病就有救了。他甚至从心底热切盼望起紫菜晚上的演出早点开始。

在会客厅做完节目，紫菜和她的一群“QQ糖”合影留念后离开电视台。

就在这时候，那部刚才用作热线的电话突然响起。正欲去卸妆室的女主持抓起话筒，电话里传出急促的男音：“明星会客厅吗，有件重要事情我要……”

“对不起，直播节目已结束，紫菜准备晚上演出去了——”

“我是市中心医院的医生！”电话里的声音，听起来十万火急，“刚才不是有个叫李小莲的粉丝和紫菜合唱过一首歌吗，我必须立即找到她俩。”

“找她俩?”女主持被这个莫名其妙的电话闹腾得扑哧一笑，略带调侃地说道，“你也喜欢紫菜的那首《下一站的幸福》啊，市场上有她的DV专辑销售呢?”说完，丢下话筒……

明星晕倒在舞台

紫菜的演唱会在市人民剧院如期举行。因她是本市人，也是成名后首次在家乡演出，赢得家乡的超级人气，场面十分火爆。

紫菜向家乡人民激情演唱过新专辑里的几首新歌后，给大家讲起了一个身患脑瘤病的粉丝坚持去市电视台参加她“面对面”节目的故事。那个粉丝由于家境贫困，没钱医治，就这么一直拖着……说到这里，紫菜突然话锋一转，重复了那句在明星会客厅里说过的话：“我要将今晚的出场费全部捐给那个亲爱的粉丝，并祝愿她早日康复，平安一生！”

紫菜的话音未落，台下就欢呼声、尖叫声、口哨声四起，把演唱会再次推向高潮。

李小莲和她的父亲也在电视机前收看紫菜的演唱会。

看到女儿时不时随音乐节奏跟着紫菜唱歌，站一旁的老李心里酸酸的，泪水直往心里咽。假如家庭条件稍好，应该早把女儿送到医院治疗。三年前，老李就下岗了，靠一个水果摊维持生计，中途妻子患病花去一大陀钱也没保住性命，做爹做娘的把女儿培养到上了初中……眼下就要考高中了，可女儿被查出患上脑瘤病，又使这个家庭再度陷入困境。平常，老李都是早出晚归地出摊挣钱，而今晚陪女儿待在家里看电视，是想看看紫菜能否兑现承诺，让女儿尽快重获新生……

看到紫菜站在舞台中央给大家讲故事，老李躲避一旁悄悄抹泪。当他听见紫菜重复那句话时，他的双眼又闪现出希望的泪光。

紫菜讲完这个故事，接下来演唱那首她唱得响亮的歌曲《下一站的幸福》。遗憾的是，她将这首歌仅仅唱了一半就因头疼得厉害而晕倒在地……台下一片哗然，不知发生了什么。

坐在电视机前的李小莲父女俩更是惊讶不已。

剧院里经过短暂的喧闹之后，只见一个穿白大褂的中年男子行色匆匆地跑上前台，揪住一位工作人员就气喘吁吁地说：“紫菜不是说要资助本市一名患脑瘤疾病的粉丝的吗？”

“你是？”那名工作人员展展眉，沉吟片刻，拿起麦克风面向全场观众，“紫菜小姐已委托经纪人开出 6 万元现金支票，请今天下午在市电视台明星会客厅和她合唱《下一站的幸福》的那个粉丝带身份证和医学证明前来领取……”

这时候，电视台也因紫菜的突然晕倒而停止现场转播。

医生歉疚道原委

白大褂推了推那名工作人员，一脸歉疚地说：“实际上，真正患上脑瘤的是她自己，而不是那个粉丝！”

台上的几名工作人员个个莫明其妙，问白大褂是不是脑袋进了水。

白大褂掏出工作证，说是市中心医院的医生，并把这件事情的原委给他们讲了。

前几天，有两个女生到市中心医院做过一次 CT 检查，其中一个被查出患上恶性脑瘤。由于主治医生字迹潦草，他错将“5 号”和“6 号”检查报告单发错了。当他看到市电视台播放的明星会客厅节目时，居然惊讶地发现紫菜和那个粉丝就是那个“5 号”和“6 号”……

坐在电视机前的老李为突然中止现场转播而感到万分迷惑时，家里电话响了。他顺手抓起茶几上的话筒，喂，是李小莲家吗？电话里的男人自报家门说是市中心医院的医生，本月 13 日她的那份 CT 报告单是医院给发错了，让李小莲本人带上那份报告单赶到人民剧场……听到这话，老李脑袋“嗡”的一声，忙从房里拿出那张报告单，拉上女儿坐出租车直奔市人民剧院。

经白大褂辨认，进一步确信紫菜和李小莲就是那天领错报告单的两人女孩。他还说，当他在电视里看到她俩正合唱那首《下一站的幸福》时，他惊愕得目瞪口呆，忽然想起前几天给她俩发错了 CT 报告单，便急忙给热线打电话。

原来，紫菜回家看望母亲时，陡然感到头疼得厉害，妈妈就陪她去中心医院去检查。紫菜早已是明星，出门前自然经过了一番乔装打扮。进行 CT 检查时，恰巧碰上老李带着女儿也在做 CT。紫菜的报告单是“6 号”，而李小莲的是“5 号”。因都不是本人领取的。紫菜听妈妈说她没有问题，也就没再仔细看报告单了。而老李错拿报告单后，看女儿被查出患上恶性脑瘤，没敢当面告诉她，只是背着女儿到处借钱准备做手术……

明白到底是怎么一回事后，老李对工作人员说，他一定要亲眼见到紫菜小姐。别人还以为老李父女俩都是紫菜的超级粉丝，就以紫菜现在身体有些不适而拒绝了他。老李忽然从怀里取出一个大纸包，递了上去，泪眼蒙蒙地说，“这是我为女儿准备做手术的 10 万块钱，这钱，就全捐给紫菜小姐吧！”

台下顿时响起雷鸣般的掌声……

废墟里流淌的爱

王老师刚送走赵大妈，身子就猛地摇晃了几下，看看窗外，头昏眼花，觉得整个城市都颤抖起来。“不好，大地震了！”王老师忽然灵光一闪，还没等他开口向同学们提个醒，就听见轰隆一声巨响，整栋教学楼便哗啦啦地倒塌了……

不知过了多久，王老师才从噩梦般的地震中醒来。四周黑沉沉的，脸上嘴巴鼻子都布满灰尘，还能隐约听到此起彼落的哭喊声、警报声……他知道，自已和同学们全都埋藏在了一片废墟之中。他庆幸命大，依然活着，用手摸了摸，自已正好躺在两块水泥预制板中间。王老师浑身的肌体都变得麻木了，多个地方疼痛不已。他试着动弹一下，发现自已的身子骨居然还能挪动，只是两条腿死死地卡在砖缝里，不能活动。

“奶奶——奶奶——”突然，王老师感觉到周围有一个细小的声音在呼唤。他侧着脑袋，让一只耳朵辨别方向和声音。原来是一个女学生嘶哑的声音，听起来好像是班上赵小丽同学在叫奶奶。

王老师这时才想起，下午因陡然狂风大作，雨点纷飞，上第一节课时，赵小丽的奶奶就给她送雨衣到学校。现在，她正在向奶奶发出呼救呢。

赵小丽今年九岁，在王老师班上读小学三年级。王老师比较了解这个学生，期中考试前曾去赵家进行过家访。爸爸妈妈都在广东打工挣钱，家里仅留下一个奶奶带着小丽。小丽是赵家唯一的孙子，赵大妈把她看得像命根子。赵家离学校有一里路程，赵大妈要用自行车接送，可小丽是个懂事的孩子，心疼奶奶，坚持自个儿和村子里的小伙伴们一起走读上学。

听到赵小丽的声音，王老师惊喜不已，不管目前的处境怎样，这个学生还活着，活着就有希望。根据声音判别，赵小丽同学就在自己右边不远处的位子。“赵小丽同学，我是王老师，你听到我的声音了吗？你再坚持一会儿，解放军叔叔就会来救我们了……”

“王老师，您说，我的奶奶还好吗?”这时候，赵小丽心里仍记挂着奶奶。王老师明白，赵大妈刚离开教室走下楼，大地震就发生了，她一定没有逃脱厄运。

王老师循着声音，用手摸探过去。周围全是瓦砾和断砖的棱角，坚硬而扎手，他的指头磨破了皮，感觉有血液渗出，一阵钻心的疼痛。几经试探，慢慢的，他的手触摸到了热乎乎的一截小腿。

“赵小丽同学，王老师已经捏着你了。”王老师心里踏实了许多，“你要挺住啊，等会儿，解放军叔叔就会救出我们的，一切都会好了。”嘴里虽然这样讲，然而，无边的绝望却像覆盖在身上的层层砖块，让王老师焦虑得喘不过气来。下午上班时，妻子正在宿舍楼家里教三岁的儿子识字。临出门时，儿子还在他的口袋里塞进了一粒奶糖……想到这里，疲塌不堪的王老师再次晕了过去，可耳边又传来赵小丽的声音，“我要奶奶，王老师，我的奶奶，还活着吗?”

听到这话，像当头浇了一瓢凉水，王老师惊醒过来，可又不知道怎样回答赵小丽同学。他懂得，人在这时候更重要的是意志，一定要给赵小丽同学希望，让她与废墟作顽强斗争，勇敢地活下去。

“你的奶奶就在王老师左边的一截墙壁旁，她现在好好的，她的头正枕在我的腿上呢，我还可以感觉到她在翻动着身体啊，她在和谁说话，我暂时还没有听明白。”王老师灵机一动，硬撑着身子，不断地和赵小丽同学说话，鼓励她挺住，再挺住。

过了一会儿，王老师又说，赵小丽同学，我刚才又听见赵奶奶在喊“小丽”呢。

赵小丽问王老师，她怎么听不见奶奶在喊自己的名字呢？王老师思忖片刻，解释道，赵奶奶在我左边，而你在我右边，中间还隔着那么多砖头瓦块水泥碴。说着，王老师还挣扎着从衣袋里搜出一粒糖，忍着身体剧痛，从瓦砾中伸过去，放在小丽同学的腿边，说那是她奶奶转交的一粒糖果，要她从腿边拿过去吃。王老师还说，赵奶奶讲了，那是牛奶糖，很饱肚子的啊。

赵小丽相信了王老师的话，坚信奶奶还活着。她对王老师说：“您告诉我奶奶，我会挺住的，我是一个很坚强的孩子，要活着出去见奶奶……”赵小丽说话的声音已经十分微弱，但王老师最后听清楚了。

强震过后，微震、余震不断，天空雷电交加，大地一片混沌。

王老师从断垣残壁中被解救出来后，他想到的第一个学生就是赵小丽，于是顾不得红肿的双腿，爬起身就拼命地掀动右边的砖头瓦块盖板。大伙儿把赵小丽从废墟中刨出来时，她已奄奄一息。王老师一把抱起她就冲向救护车，然后折回头又加入到搜救队伍行列。可抬头一看，只见职工宿舍也已成为一片废墟，生机盎然的校园转瞬间变得满目疮痍、惨不忍睹。王老师抹了一把眼睛，依旧走向了教学大楼的废墟里，和搜救人员一道继续寻找生命的迹象……

找到赵大妈时，她的身体早已僵硬。看她的一只拳头紧握着，王老师猜想，赵大妈是不是有什么东西捏在手里？他掰开赵大妈的手，里面是一张纸条，上面写着：语文 98 分，数学 100 分。王老师潸然泪下，今天下午上课时，他公布了期中考试分数，赵小丽同学是全班第一名。见奶奶送雨衣来了，她便抄下成绩，想给奶奶提前报喜。或许，赵大妈还未来得及展开孙女的纸条，就遇上了大地震……

春苗成长时

易春苗是个不幸的女孩子。刚上初中二年级不久，父母就遭遇一场意外车祸，父亲当场毙命，母亲长期昏迷，四肢瘫痪，几乎成为植物人。原本一个好端端的幸福家庭，一下子跌入苦难的深渊。易春苗整日愁眉不展，沉浸在巨大的悲戚和郁闷之中。同学们见她那副神志萎靡寻死觅活的样子，除了安慰几句外也爱莫能助，只有暗里空自叹息。随后，易春苗的学习成绩也跟着直线下降。

自进初中以来数学成绩就一直摇摇领先的她，期中考试时跌至班上第十名之外。班主任季老师是他们的数学老师，更是替她惋惜不已。如果长此以往，易春苗除累垮身体外，将来很可能连所普通高中都难以考上。为此，季老师专程前往易春苗家居住的那个小村子，就她的家庭情况认真进行了一番走访。

家访归来，季老师心里沉甸甸的，再也无法平静。和妻子商量了几个回合，作为班主任老师，他觉得自己有责任帮她一程。下了晚自习，季老师便把易春苗叫到办公室，首先对她进行一番开导与鼓励，然后说出了自己的想法。最后，季老师与她约法三章：从现在起，易春苗每晚必须住在他家里，中考之前的各种假日都不准回家，坚持留在学校温习功课，生活费、资料费、零花钱以及其他花销均由她舅舅直接送到学校……易春苗理解季老师的良苦用心，他是在为自己明年的中考着急啊！望着季老师慈祥的面容，易春苗内心涌动一股父爱般的温暖，泪水从眼角掉下来，默默地点了点头接受。

季老师夫妇俩都是四十开外的人了，爱人在学校后勤组上班，独生女儿去年考上市重点高中住读，偌大的三室两厅房子目前就住着他们两口子。当晚，季老师就带领几名男生帮她把铺盖行李和生活用品全搬到自己家里。季老师的爱人忙着为易春苗拾掇寝室，而后还为她做了夜宵。

住进季老师家里没几天，易春苗就接到舅舅打给她的电话，称她妈妈已转到市里的大医院，告诫她要听班主任季老师的安排，像以往那样专心致志刻苦努力学习，不辜负妈妈和所有亲人们的期望。易春苗放下话筒，眼泪泉水般淌了一脸。季老师的妻子见状，心里酸酸的，陪她睡了一夜，恨自己不能更好地帮她分担痛苦。

临近期末考试时，易春苗突然收到一封寄自市里的信。信是电脑打印，落款是妈妈的名字。看完这封信，易春苗高兴得落泪了。原来，妈妈的病情已明显好转，能开口慢慢说话了，只是四肢暂时还没有恢复知觉，这封信就是护士小姐戴上助听器听妈妈口授后用电脑写成的。虽说信十分简短，易春苗同样能感觉出远在市里住院治疗的妈妈，给予她母爱的温馨与力量。妈妈在信中要求她专心读书，不要牵挂妈妈，只有这样，妈妈才能更安心地配合医生治疗。

自打接到妈妈的来信后，易春苗的脸上终于能看到一丝笑容了。同学们都替她高兴，因为她的妈妈有救了，不再是个植物人妈妈了。同学们一合计，初二（3）班特地为易春苗举办了一个“如何帮助易妈妈战胜伤痛”的主题班会，季老师夫妇俩也被邀请参加。同学们纷纷走上讲台发表演讲，献计献策，帮易妈妈战胜伤痛，并祝愿她早日康复回家……

最后，全班同学彼此达成一致意见，那就是：只有易春苗像以前一样认真学习，永葆优异成绩，将来考上市重点高中，才是帮助妈妈战胜痛苦，配合医生治疗，及早恢复健康的最好办法。听了同学们激情飞扬的慷慨演讲，易春苗感动得热泪盈眶，阔步走上讲台，当着季老师夫妇和全班同学的面表决心，一定要像原先那样专心致志刻苦努力学习，用优异成绩为妈妈争光！

每个月月底，易春苗总会收到妈妈委托护士寄给她的信。妈妈告诉女儿，她的病情正一天天好转，大约只需要一年左右时间，她的四肢就会完全康复，到时候，她将回到家里更好地照顾女儿。易春苗从此振作起来，加倍努力学习各门功课，成绩也很快跃了上来。期末考试结束，她的总分位居全年级第三名，数学成绩更是出类拔萃，一举获得满分。

易春苗住进季老师家里后，同季老师的爱人成了无话不谈的好朋友。每次收到妈妈的来信，易春苗总要交给她看一遍。

有天晚上，易春苗下晚自习回季老师家里，见季老师和他妻子都没睡觉，仍坐在客厅里看电视，好像在等待什么人似的。待易春苗洗漱完毕，季老师的妻子把她叫到面前：“春苗，你妈妈写给你的每封信我都看过，我和季老师计算了一下，你明年参加中考后，也差不多是你妈妈康复出院的时间，如果你能考上市里的一所重点高中，你去上学时，不正好可以给你妈妈一个意外惊喜吗?”

坐在一旁的季老师也搭腔接过话说：“是啊，易春苗同学，如果真能这样子，我想，你妈妈一定会更高兴的!”

易春苗顿了顿问：“季老师，明年我能考上市里的重点高中吗?”

季老师语气坚定地说：“只要你在保持目前成绩的基础上，再加一把干劲，考上市一中是没有多大问题的!”

望着季老师夫妇俩，易春苗眼里满是感激，好半天说不出一句话。

季老师紧接着又鼓励她说：“去年，我们学校一下子就有十几名同学考上了市一中。我相信，在我的班级，明年中考也一定能考出好成绩!”

易春苗遵照季老师的“约法三章”，月休假和寒假均留在学校复习功课，没有回过一趟乡下的家里。舅舅每隔一个月就来学校看望她一次，给她送衣送钱，还不时带来妈妈病情的好消息，一再嘱咐她安心学习，不要辜负老师和同学们的希望。

初二暑假学校组织夏令营后，转眼就是初三上学期。在这一学期，季老师推荐易春苗参加了市里组织的“全国初中生数学奥林匹克竞赛”选拔赛，她不负众望，取得一等奖的好成绩。接着，她一路过关斩将，在全省联赛中获得一等奖，全国竞赛中获得二等奖。市教委给她发了2000奖学金，学校也配奖2000元。事后，季老师告诉她说：“易春苗同学，我已经把你在几次大赛中所取得的成绩用电话告诉你妈妈病房里的护士……”易春苗向季老师夫妇俩投去感恩的微笑。

领到奖金的那天下午，易春苗跑到校外的公用电话亭拨通舅舅的手机，将这一消息告诉了舅舅，并委托舅舅帮她把4000元奖金全给妈妈寄去治病。舅舅在电话里说：“苗苗，你妈妈的治疗费，一方面来自医疗保险，一方面来自肇事司机，就连你妈妈的护理员也是车主单位给安排的，用不着你操心，你现在的首要任务就是好好学习，准备迎战中考！”

没几天，易春苗就收到妈妈从市医院寄来的信。妈妈在信中对她所取得的优异成绩深表祝贺，并勉励她继续努力，争取考上市一中。妈妈还说，她的身体如今恢复得较快，再过一段时间就可以回来，以后再也不必麻烦医院的护士给她写信了……

易春苗为妈妈的病情不断好转而高兴，干劲更足了，把对妈妈的牵挂全化作学习动力，并在心里暗暗发誓，争取考上市一中，去市里接妈妈出院。

中考备考工作紧张而有序地进行着，季老师在教室后面竖起的“倒计时”牌上的数字一天天在减少。时间过得真快，转眼间中考也便结束了。易春苗和同学们一道估完各学科分数、填毕报考志愿，去几个女同学家里玩了几天，就被舅舅接到他家里休息。果然，易春苗不负众望，如愿以偿，以全校总分第二名的好成绩，被市一中录取。

季老师接到易春苗的录取通知书，赶忙给她舅舅通了电话，并且就易春苗家里的事情又商量过一番，还约定了会面的时间和地点。

当季老师夫妇俩把录取通知书交给易春苗时，她的眼泪“哗”地流了一脸。那是感恩与激动的泪水。季老师的嘴唇嚅动几下，正想开口说什么，易春苗却哽咽着说：“季老师，您什么也别说了，其实，早在初二上学期，我就知道妈妈因伤势过重，医治无效而去世，看到老师和同学们的良苦用心，我也就顺水推舟了……”听了易春苗的这话，季老师夫妇俩浑身一颤。

当初，季老师去易春苗家走访时正好碰上她妈妈的丧事，为了让已失去父亲的易春苗能坚强地生活下来，就与她舅舅商定编造了一套谎言，共同严守她妈妈也去世的秘密，直到中考结束……

易春苗说：“季老师，我想知道那个在市里坚持给我写信的人是谁?”

季老师泪眼模糊地说：“易春苗同学，不管那个在市里给你写信的人是谁，你都是一个坚强无比的好孩子……”

新书包里的秘密

季贝贝是茅草街乡小学四（2）班的一名男生，今年刚满九岁。贝贝挺聪明，脑袋瓜子也特灵，因平时贪玩，在班上的学习成绩只能算个中等。季贝贝的爸爸原是茅草街乡党委副书记，前不久通过换届选举，当上了一乡之长。

就在季贝贝的爸爸当选为乡长后的第二天中午，贝贝在上学的路途，乡政府农办的梅主任突然拦住他，笑眯眯地说："贝贝，你的书包旧了，叔叔送给你一个新的？"

梅主任与季贝贝家住在同一个宿舍院内，也挺喜欢季贝贝，平日里常常给他糖、水果、瓜子之类的东西吃。这次，季贝贝见梅叔叔手里拿着一个崭新的大书包，神情像没有往日给他水果吃时那样自然，便说："梅叔叔，我怎么能接受您的礼物呢？"

梅主任顿了顿，又笑着说："这个书包值不了多少钱，你收下吧，换个新的，同学们也肯定会喜欢！"

见梅叔叔这般热心快肠，季贝贝也就没有再推脱，接过了新书包，往身上一背，往学校走去。

刚进校门，季贝贝就遇到班上的几名同学。见季贝贝背着一个新书包，大伙儿都跑过来争着看，在操场边的草地上一窝蜂地闹腾，说一定要看个究竟……他们你追我赶，一阵风似的向教室跑去。

下午第一节课的预备铃"当当当"地响起，四（2）班的苗根根同学正小跑步赶往教室时，他在操场边的草坪上忽然看到一个新文具盒，自言自语："谁丢的文具盒呀？"

见四周无人，他来不及多想，便捡了起来。跑进教室，苗根根就将刚才捡到的文具盒交给了正在为学生记考勤的班主任胥老师。

接着，胥老师问班上有没有哪位同学丢失文具盒，大家异口同声地回答："没有。"胥老师只得将这个文具盒带回寝室，随手放在靠床边的一张写字台上，再也没有多看一眼。

放学了，季贝贝回家，将中午梅主任给他送了一个新书包的事儿告诉了妈妈。妈妈说："贝贝，你怎么能随便接受人家的东西呢?"

季贝贝委屈地说："是梅叔叔硬要送给我的。"

妈妈不高兴地说："任何人的东西都不应该要啊!"

这时候，季贝贝委屈得伤心地哭起来，嚷着要立即给梅叔叔送回去。妈妈拉住季贝贝，安慰他说："这次不全怪你，明天，妈妈给梅叔叔的女儿也去买一个新书包。贝贝，以后，再不容许你接受别人的礼物，你爸爸现在是茅草街乡的乡长，要特别注意影响!"

梅主任见季乡长的夫人给自己的女儿送来一个新书包，起初吃了一惊，待他将新书包里里外外检查了一遍后，心里才踏实，脸上露出了平日少有的满足的笑容。心想，自己已经当了六七年农办主任，熬过了几届乡党委班子，这回总该挪挪窝了。乡政府即将提拔一名中层干部，拟任副乡长一职，到时候，还不是季乡长一句话定舵!

且说茅草街乡小学的胥老师，属大龄青年，眼下正在筹办婚事，这个周末的夜晚，未婚妻来找胥老师商量婚事。她见床边的书桌上放着一个崭新的文具盒，便拿在手里看上面的儿童漫画。她撕去外包装薄膜，打开一看，里面竟装着三十张簇新百元人民币。见状，胥老师眼珠子倏然一亮，心里顿升起一团疑云：苗根根交的这个文具盒难道不是他捡到的?

胥老师的未婚妻问他，这三千元钱是怎么一回事?

胥老师说，文具盒是苗根根同学交来的。苗根根的爸爸妈妈都在集镇上做生意，一天忙到晚，很少有时间照顾孩子。苗根根的学习成绩在四（2）班是倒数几名，莫非是他父母想……

未婚妻听了乐哈哈地说："三千块，对苗根根的父母来说只是区区小钱，既然他们有这个意思，你当班主任的就关照苗根根不就扯平了……听说，市里的学校，学生家长给老师送钱早就习以为常！再说，我们马上就要结婚了，这钱正好派上用场，买台全自动洗衣机什么的，不是很好的吗?"

经未婚妻这么一番劝说，胥老师也就心安理得地留下了那笔钱。胥老师很快为苗根根同学调换了座位，时不时督促他的学习，还给他封了一个不大不小的官职——副班长。

没多久，按县委组织部的统一安排部署，由全县各乡镇各推荐一名德才兼备的中层干部进入党委班子，拟任副乡长副镇长职务。

遗憾的是，等县委组织部的通知下来，茅草街乡新提拔的副乡长并不是梅主任而是别人。梅主任农办主任的位置像被什么牢牢钉住，一动未动。他心里实在不好受。平时，他对季乡长毕恭毕敬，特别是对待他的宝贝儿子，更是要比自己的孩子看得还重，且不说那书包里的……为什么季乡长提拔别人而不垂青自己，失去了机会的梅主任心灰意冷，再也不指望谁提拔他当什么狗屁副乡长。他决心来个一不做二不休，要告季乡长。于是，一纸匿名信塞进了县纪委在街头设立的举报箱。

县纪委收到检举茅草街乡季乡长涉嫌受贿的举报后，见信上写的受贿时间、方式、金额都很清楚，便引起了高度重视。县纪委迅速派人组成调查小组进驻茅草街乡，开始秘密调查季乡长受贿一事。

县纪委调查小组在茅草街乡机关找了多人进行暗访与座谈，大家都说季乡长上任以来，清正廉洁，做人清清白白，为官堂堂正正，连上级领导来乡里检查工作也从未陪吃陪喝过一次。

后来，调查小组又来到茅草街乡小学，找季贝贝的所有任课老师了解相关情况。老师们都说，没有觉察有人通过季贝贝行贿季乡长的形迹。校长向县纪委调查小组反映，季乡长任职以后，一下子为乡小学筹资50万元，全校师生盼了十几年的多功能运动场即将动工修建。

县纪委调查小组重点找了季贝贝的班主任胥老师，同他进行了长时间的座谈。胥老师忽然想起了那个文具盒。他清楚地记得，苗根根说那个文具盒是自己在操场上捡到的，莫非是有人通过季贝贝行贿季乡长，而季贝贝撒野又将文具盒给弄丢了……

季贝贝告诉胥老师，三个月之前，确确实实有一个叔叔给他送过一个新书包，但里面没有什么东西。季贝贝还回忆起当时接受新书包后的情景。紧接着，胥老师又找来几名同季贝贝一道抢新书包看了的同学，可都说季贝贝没有丢文具盒。后来，四（1）班与季贝贝一起参加过兴趣活动的一名女同学说："三个月前的那个中午，我看见季贝贝背着一个新书包，也凑了过去，当时好像从季贝贝新书包里掉出来一个文具盒。因为打了预备铃，我顾不上回头再看他们，就径直跑进了教室，心想，季贝贝自己肯定会捡起来的！"

胥老师全明白了，将苗根根捡文具盒上交的事和盘托出，还说那个文具盒里装有三千元现金。县纪委调查小组发现胥老师的供述与检举信上所写的内容基本一致，也弄清楚了季乡长受贿一事的真相。

事后，胥老师连忙赶往乡政府，找到季乡长，紧紧握着他的手，泪水涟涟地说："今后，我一定要向你学习，清清白白做人，堂堂正正为师！"

调查结束，梅主任受到了县纪委的通报批评。

妈妈，谢谢你

李春上了初中，离家较远，得由妈妈桂芬接送。以前读小学时，校园就在家附近，桂芬不必操心，让他自个儿上学回家。见妈妈现在每天都要骑自行车接送自己，忙得一塌糊涂，李春心疼妈妈，拉着她的手说："妈妈，要是爸爸在家就好了，就用不着您一个人跑来跑去的。"桂芬抚摸儿子的头，微微一笑，"孩子，你爸在广州打工挣钱，怎么可能回家陪你读书呢！"说完，把头扭到一边去，擦了一把眼睛。

桂芬有一份工作，单位领导很照顾，容许她提前下班接孩子。她也十分感谢领导，尽量抓紧时间做完手头上的活计，避免在同事间产生矛盾。

每次出门，桂芬都要帮儿子背书包下楼，放在自行车前篓里。李春长得虎头虎脑，书包又重，一路上，常常累得她额头冒汗。李春坐在后架上，也可以感觉到妈妈十分吃力地蹬着自行车。上学路上，有一段岩巴石子路，凹凸不平，骑到这里，李春就会跳下车，让妈妈骑着空车过去。

忽然有一天，李春出门时自己背起书包，还拉着妈妈的手说："妈妈，您骑车接送我实在太累了，书包由我自己背吧，这样也可以减轻一点重量的。"桂芬哭笑不得，说傻孩子，书包背着放着，重量都不是在自行车上吗？可李春坚持要自己背书包，要替妈妈分担一点劳累……看着懂事的儿子，桂芬心里有再多的委屈，也不再彷徨，也觉得值！

李春每当问到爸爸何日回家时，桂芬就要告诉儿子："妈妈收入不高，你现在读书正是花钱的时候，我和你爸爸有个约定，那就是，等你考上大学，他就回家给你摆谢师宴！"李春还从妈妈嘴里得知，爸爸在广州建筑工地打工，还是个不大不小的包工头呢。于是，他心里暖融融的，就发誓要努力学习，将来考到广州去，就可以天天和爸爸见面了。

桂芬每天在校门口等孩子放学，日子一长，就和一些家长混熟了。别人问桂芬怎么总是她接送学生，咋不见孩子他爸啊？桂芬鼻子一酸，极力掩饰脸上的不安神情，苦笑着说："唉，老公在外面打工，回家的日子，我就没让他来学校。"

有天晚上，李春告诉妈妈，学校马上组织开家长会，一定得打电话叫爸爸回来参加。桂芬思忖片刻，顿了顿，对儿子说，妈妈参加也不一样吗？可李春不依不饶，猛地叫嚷开，"我和同桌赌过石头剪刀布的，这次坚决要让爸爸去学校！"说着，他还把课本作业文具盒摔了一屋子。

桂芬一下子愣怔住了，儿子长这么大，何曾这样无礼对待过自己？她也气不打一处来，冲上去狠狠掴了李春一耳光。李春大哭起来，坐在地上又吵又闹，"我偏要爸爸去开家长会啊……"见状，桂芬再也控制不住，泪水哗地淌了一脸，跑到自己的卧室关上门，伏在柜子旁嘤嘤哭起来……

李春12岁生日那天，桂芬特意炒了几道他平常难得吃上的好菜。趁儿子高兴时，桂芬轻言细语地说："孩子，你不是体贴妈妈每天接送你挺辛苦的，这好，前几天，你爸爸打电话给我，帮我们想了一个办法。"

"妈妈，什么办法？"看儿子对这事感兴趣，桂芬就把那个办法说出来。

李春思考了一会儿，突然瞪大一双又圆又亮的眼睛，慢腾腾地说："妈妈，爸爸是说请一个开摩托车的师傅接送我，还让您也跟着，就像一家人似的，两全其美……"听到这番话，桂芬眼里的泪水跑边转，她努力克制着，去厨房躲避几分钟才走出来，向儿子点点头，夸儿子聪明悟性好。

自此，同学们就看见李春上学放学都是坐摩托车，他的妈妈也坐在后面帮助拿着书包。有些家长还十分羡慕桂芬，说他们一家人好亲热，接送儿子都是夫妻同来共往的。不过，骑摩托车的男人始终戴着头盔，来去匆匆忙忙，没有谁看清他的脸相。

转眼初中三年过去，李春以优异成绩考取重点高中，进学校住宿了，再也不必谁接送。到了月假，他才回家和妈妈团聚几天。桂芬忙自己的工作，日子还算充实，只是常常想，儿子现在怎么不关心他爸爸的事情了，是不是把他给忘记？有次，桂芬到学校为李春送毛衣，有意无意地提到他爸爸在广州打工的情况，可李春只当没听见，就是不搭腔。看妈妈唠个不休，李春才回答:“妈妈，我是等着爸爸回家办谢师宴呢!”

高中毕业，李春果真考取广州一所名牌大学。儿子如愿以偿考上广州的大学，桂芬心里说不出是酸楚还是高兴。按原定计划，她开始联系餐馆筹备宴席，要好好感谢这些年来亲戚朋友和老师对他们母子俩的关心与帮助。李春让妈妈别着急，说要等到爸爸回家了再操办不迟的。

然而，离报名上学的日子越来越近，仍不见爸爸回家。李春问妈妈到底是怎么一回事？桂芬喉头堵塞，一时不知该怎么回答，想了想，说：“打电话，他总是关机。不信，你自己打吧……”她从卧室里找出一个手机号交给儿子。李春担心用家里的座机打爸爸不回话，便借用同学的手机，可一连给爸爸打了三次，每次都提示说对方已关机。李想心里暗忖着，反正自己就要去广州上大学了，不信，就找不到爸爸。

宴请这天，桂芬把自己精心打扮了一番，身穿一套洁白的裙子，头发梳得整齐油光，还高高地挽了个髻。记忆中，李春还从没发现妈妈这么漂亮过。

客人到齐了，大家都把目光投向桂芬，等着她讲个开场白什么的。桂芬也明白客人在期待着什么，但她只是颔首微笑，没说一句话，人却径直走到李春跟前。桂芬用双手扶着儿子的胳膊，嘴巴嗫嚅了好一会儿，才幽幽地说：“孩子，你现在已经长大成人，有件事，我今天必须告诉你……”

李春突然意识到了什么，仔细端详妈妈的脸，发现妈妈脸上有了许多细密的皱纹，头发里也夹杂着一些银丝。“妈妈，您别说了，其实，爸爸的事情，我早就知道了。”

“什么?”摸着儿子的头，桂芬的泪水沿两腮滑落下来。

“妈妈，我早就听说过了，爸爸在广州建筑工地已不是小打小闹的包工头，而成为大老板。因为有了钱，他就不愿意回家了，抛弃我们母子俩……”说着，李春抓住妈妈的手，跪下了，“我恨他，根本不需要那个没良心的爸爸回家为我祝福，妈妈——儿子永远爱你!”

这时候，桂芬心头一颤，沉下脸，猛地抽开手，打了儿子一耳光，“你不要瞎说八道，我不准许你这样玷辱你的爸爸！孩子，他为了我们母子俩才去广州的建筑工地打工，由于过度劳累，才不小心从七楼脚手架上摔下来。孩子，今天，正是你爸爸 8 周年祭日……”

原来，李春读小学五年级时，他爸爸就摔死在广州的建筑工地。为不影响儿子学习，桂芬一直忍受着巨大痛苦，保守着这个秘密，坚持说他爸爸仍在广州打工挣钱。现在，李春考上了大学，有了精神承受能力，她才将真实情况告诉儿子。

“爸爸——”李春忽然想起了什么，连忙爬起身，猛地冲出酒店。

不一会儿，李春就折回来了，还带进来一个客人。大家一看，那不是和桂芬住一个院子的王师傅吗？十年前，他就死了老婆，现在独身一人在小区经营着一家摩托车配件商店。由于以前都看到他接送过李春，愣怔片刻，大家心里也就明白了几分。王师傅落座后，李春举起酒杯，把第一杯酒敬给了他，接着又给他斟了满满一杯酒。此时，宴席大厅响起了一片碰杯声……

校花纪事

刚升入高三，文科二班的马大炮就在食堂里宣布：如今校花已易主，乃高三文科二班田萍也。这话别班的同学听过或许当成了耳边风，可在高三文科一班却是“一石激起千层浪”。因为，该班的肖婕自从考入这所重点高中就是大家所公认的校花，几年来没有哪位女生能挑战她的。田萍是谁？莫非是那个马大炮唯恐天下不乱，炮制假新闻，想以此来诋毁本班集体形象……高三文科一班的王大款再也坐不住了，他决心探个虚实。

王大款自然是个混名。当初进校时差考分，在一家公司当经理的爸爸向学校交了一笔可观的“借读费”，他也便落得个“大款”绰号。王大款仗着家庭经济条件宽裕，常在同学面前摆阔论英雄，调皮捣蛋更是做惯的手脚。进校没多久，看到班上的肖婕同学身材婀娜相貌出众，又恰逢一些地方电视台举办的“超级女生”选拔赛闹腾得红红火火，王大款就邀合一群同学，把肖婕评定为“校花”，在全校进行大肆宣传……于是，肖婕就一举成为同学们心目中的校花了。几年过去，当时的高年级和后来新招的低年级，也没有哪个班 VS 王大款所的班级。如今眼看快要毕业了，却突然杀出个校花来，并且还是高三文科二班的，真是岂有此理！

有天中午，王大款看到马大炮在校外附近的林子间散步，跑过去找到他，“马鹏程同学，明年我们就要参加高考，你现在怎么还要乱放炮？”王大款用鼻子吭了声，冷笑道，“难道真要把这‘大炮’的美名带进大学？”

马大炮和王大款都是班上的体育委员，算是老相识了。有年学校召开秋运员，文科二班赢了文科一班一场篮球赛，王大款压根儿不服输，差点和他干了一仗。

马大炮在学校也不是个马虎脚，哪容得下王大款的奚落。“什么意思呀？”看到王大款油腔滑调，说话怪里怪气，他心里忽然明白几分，抿嘴一笑，佯装糊涂。

“你不是宣布校花已易主吗，我想问问，被你捧作校花的那个田萍同学在哪里，该不是你虚拟的一朵校花吧！”王大款眯着双眼，怒气冲冲。

“马某人实话实说吧，田萍是我们班这学期新转来的一名女生，无论长相，还是成绩，都比你们班的肖婕强，她才是我们学校当之无愧的校花呢！”马大炮双手抱在胸前，仰望天空，傲气逼人，一副无所谓的样子。

王大款差点被气晕，举起拳头冲上前，朝马大炮的鼻子就是一下，然后掉转头溜开……

接下来几天时间，王大款上课心不在焉。依马大炮平常的脾气和性格，他会立即找一帮同学来讨说法，甚至会给矛报复。可几天过去了，依然相安无事，王大款反倒觉得有些不正常了。

课间休息，王大款偷偷去二班教室窗棂边瞄了，马大炮正埋头课桌，在草稿纸上演算着什么。王大款不觉一惊，这大炮如今似乎比以前学习更认真了。马大炮是从农村考入城里重点高中的，成绩好，性格直，可他平常就爱在同学面前眉飞色舞地吹牛扯闲，加之嗓门儿又特别大，同学们就给他起了个“大炮”雅号。以前的课间休息，马大炮总会不失时机地神侃海吹乡村逸事，撩得班上的女生哈哈大笑。看到马大炮好像什么事都不曾发生过，王大款心里犯疑了：难道？

这天下午放学，王大款骑着他的那辆“五星”回到住宅小区，刚准备存放赛车时，背后传来一个声音，“哎，你是高三文科一班的王琛同学吗？”王大款回头一瞧，只见身边站着一位陌生的高挑女生，长得十分漂亮，像个超级女生。他上下打量对方一番，憨厚一笑，双眼眯成一条缝，“你是……怎么知道我的名字？”

“全校赫赫有名的王大款，如果不认识，那岂不是孤陋寡闻了。”高挑女生面露微笑，又不失严肃，“对了，我是高三文科二班新转来的女生，叫田萍——”

“田萍？”听到这名字，王大款心头一颤，直感慨道，真是名不虚传啊——原来自己早想约见的“校花”居然就在眼前！王大款沉吟半晌，嘴巴嗫嚅了几下，欲言又止，愣着神儿，没吱声。

“王琛同学，我们可以单独谈谈吗？”田萍迟疑片刻，朝小区绿化带那边指了指说。

王大款头都大了，还不知田萍葫芦里装着啥子药。这个平日在班上霸气十足的“大款”，在田萍面前一时竟手足无措。甭猜，田萍一定是来为马大炮讨说法的。

然而他错了，田萍并未提及马鹏程之事。田萍说想和他交个好朋友，问他愿不愿。王大款起初还有些尴尬，看到田萍那副认真而且虔诚的神情，心里又有些纳闷儿，难道这个转学生是想要得到本大款的资助……像她这样漂亮的女生，和她交朋友高兴得还来不及呢，傻瓜才不答应。王大款憨憨一笑，停了停，连连说：“愿意愿意，今晚，我请你吃麦香基！”

约定好了在麦香基见面的时间，王大款就哼着一首网络流行歌曲“噔噔”地跑上楼去。

星期六下午是自由活动时间，田萍按时来到王大款约定的麦香基店。可她找遍整间店里楼上楼下的座位，也不见王大款的踪影。田萍自知上当受骗，心里怪不是个滋味，走到楼下，正欲离开时，却被一个女生拦住，“你是田萍同学吗？”

“你？”田萍瞪大眼睛，一脸诧异。

“哇噻、哇噻，怪不得马大炮把你吹嘘成校花！”

“你是谁，我好像并不认识你呀？”田萍神情自若，推开面前的女生，语气坚定地说，“什么校花不校花的，把成绩搞上去，才是真正的骄傲……”

“对不起，我迟到了！”正在两位女生推推搡搡时，王大款突然跑进麦香基店，气喘吁吁的，站稳脚就一个劲儿地向田萍道歉。王大款顿了顿，再把肖婕拉到田萍面前，“我忘记作介绍，她是和我一个班的肖婕同学，也是几年来大家公认的校花。走，到楼上找个安静位置坐坐，咱们一起吃麦香基，也好相互认识认识，交个朋友吧！”

是肖婕？她怎么会如此巧合地出现在这里？田萍勉为一笑，却马上又神色一黯，心想：刚才发生的一幕，料定就是王琛有意安排，存心想给自己一个难堪，我倒要看看这王大款究竟还要演哪门子把戏！

“王琛，你请田萍吃麦香基，把我叫来是什么意思，是不是想让我给你们俩当一回电灯泡啊!”肖婕脸色忽地一沉，冲着王大款，怒不可遏，“你不就仰仗有个当经理的爸爸吗，什么了不起的……”她边说，边转过身子准备向店外跑去。

田萍被肖婕的前后举止弄懵了，真不知王大款演的哪门子戏。她箭步跨上前，拉住肖婕，“肖婕同学，你别误会了，大家都是同学么，今天我请客，应该可以吧!”

田萍出手阔绰，点了三份超级套餐。王大款坚持要买单，最后还是被田萍拒绝了。她不亏是从大城市转来的女生，在同学面前落落大方谈吐自如。田萍告诉王大款，文科二班早知道他和马鹏程之间的闹事，班主任老师已狠狠批评了马鹏程，并责令他写出检讨书。

“王琛同学，你真心想和我交个朋友吗?”田萍一面津津有味地吃套餐，一面目不转睛地盯着王大款。

“当然是真心，100%的纯度啊。”王大款眯着一双小眼睛，嘴角露出一丝不易被人觉察的笑，“不过，为了维护我们文科一班全体同学的尊严，我决心要让那个马大炮收回他所放过的炮!”

“照你这样说，你还要纠缠什么校花不校花的。”田萍接过王大款的话茬，“明年高考，我们两个班的成绩如何，就代表着全校的文科水平，我们不要争校花在哪个班上，而要比一比哪个班备考复习战打得漂亮，比一比明年哪个班考上重点院校的同学多……”

“我完全赞同田总的女儿田萍同学的建议，在学校读书，就别竞争什么班花校花的，要比就比学习比进步比成绩……”听到这熟悉的声音，王大款浑身一抖，抬头一瞧，自己的爸爸不知什么时候也赶到麦香基店，他的旁边还站着马大炮。

“是啊。由于工作关系，我的女儿萍萍随我刚到这个城市，插在你们学校高三文科二班就读。作为她的妈妈，我真诚地希望在座的各位同学多多给与她生活和学习上的帮助!”

看到田阿姨，王琛心里忽然全明白了，爸爸所在公司的新任董事长就是田萍的妈妈。王琛满脸羞愧，叫了声“田阿姨”，还当着大家的面，向马鹏程同学赔礼道歉。

马鹏程拉起王琛的手，放开他的大嗓门儿，“我完全赞同田萍同学的建议，”他望了田萍一眼，接着说，“对了，我们两个班的复习备考赛就从今天开战吧！”

话刚落音，顿时响起雷鸣般的掌声。原来，他们周围站满了高三文科一班和二班的同学……

妈妈的眼睛最明亮

曾琳是个懂事而又多愁善感的女孩子，升至高三不久，突然被一场奇怪的病击倒，转瞬间从菁菁校园住进了肃静的医院。妈妈更是急得不得了。要知道，曾琳十岁时爸爸就殒命于一起意外车祸。为了这个女儿，她已婉拒许多登门求婚者和好心人的做媒。可以说，妈妈早把曾琳当做自己生命的全部意义和生存价值。妈妈那双又大又圆的眼睛清澈透亮，现在又平添了几缕忧伤，仿佛在向人们诉说她的不幸与期盼。

住进市里的大医院之前，曾琳在一所县城中学读书，按眼下的成绩，明年参加高考，曾琳完全可以考上一所理想的名牌大学。躺在病榻上的曾琳一边接受医生治疗，一边继续坚持自学高三的课本知识。几天下来，她就同几名值班的护士小姐熟络了。有天，曾琳把刚写好的一篇题为《妈妈的眼睛最明亮》的文章交给一位名叫杨芸的护士看。从字里行间，杨芸被这个小妹妹的真情流露所感动，读完双眼也湿润了。杨芸安慰她道："曾琳同学，你的病不是什么大不了的病，挨不了多久，你就会康复出院，照样能参加高考……"杨芸顿了顿，又说，"如果你允许的话，我可以把这篇文章推荐到市晚报发表。"曾琳高兴得差点跳起来："杨芸姐姐，真的?"杨芸点点头。三天之后，杨芸果真把登有那篇文章的晚报交给曾琳。她在文章中写道："我目前最大的希望，就是祝愿妈妈将来有一个好归宿。假如有一日，病魔夺走了我年轻的生命，我也会在冥冥之中为妈妈祝福……"

有一天，曾琳的病房里突然涌进来一群身着校服的少男少女。站在最前列的一位女孩说："请问，你是曾琳吗?"见到一群陌生同龄人，曾琳忙放下手中的课本，坐正身体问："你们是——"

"曾琳同学，我们都是市一中高三（2）班的学生。看到你发表在晚报上的那篇《妈妈的眼睛最明亮》，全班同学都被你对妈妈的挚爱所感动。接着，我们全班同学开了一个会，商量决定由各科科代表联合组成一支特殊补习小组，分别来医院为你补上所落掉的课程，让你也像我们所有健康的应届高中毕业生一样，参加明年的全国高考……"

从第二天开始，每日中午、下午课外活动和晚自习后的三个时间段，曾琳的病房里总会有市一中高三（2）班的同学来帮她补习，陪伴她复习功课。弄不懂的问题，前来帮助补习的同学都要十分认真地抄录在笔记本上，由下次来补习的同学捎上，并且帮助她弄懂弄通。

给曾琳补习物理、化学的就是那天手持晚报、站在最前面的那个女生。她叫陈小翠，是班长兼物理化学科代表。陈小翠告诉曾琳："你放心吧，尽管我们不是一所学校的，我们高三（2）班为你补课的事，老校长也知道了。老校长除非常赞赏我们这种行动外，他还表示，将尽最大的努力，把你从下面的县中转到市一中，安排进高三（2）班，让你明年同我们全班同学一起参加高考……这件事，市晚报还作了报道呢！"

考虑到曾琳母女俩的经济困难，杨芸等几个护士商量后，在医院开展了一次募捐献爱心活动。当杨芸代表全体医务人员将3000多元捐款交给曾妈妈时，感激的泪水从她那双又大又圆的眼睛里一涌而出……后来，市晚报也向读者发出倡议，一周内便给曾琳治病募集社会资金近万元。

其实，曾琳患的是一种不治之症。看到女儿虚脱而消瘦的身体，妈妈心底在淌血。可是，曾琳并不全明白自己的真实病情。因为有市一中的同学为她补课，便更加坚定了她战胜病魔的勇气与信心。她在心里暗暗发誓：一定要努力学习，以优异成绩回报所有关心她的人。不过，曾琳也不止一次地向杨芸咨询："杨芸姐姐，我能活到明年6月7日高考这一天吗？"杨芸挺高兴地告诉她："就目前的情况来看，你已经度过了危险期，看了你最近的CT片和血液化验报告单，教授兴奋地说，你的毅力为我们医院创造了一个奇迹！"

4月份的一个月休假，班长陈小翠来医院为曾琳补课时，不仅带给母女俩学校已把曾琳的学籍转至市一中的好消息，而且还给曾妈妈送上了一束鲜艳的红玫瑰。陈小翠说："曾妈妈，我们的班主任杨老师为曾琳转学时，他已经对你们家的处境有所了解。我们都知道，您是世界上最好的妈妈……"说着，她将一束红玫瑰献给了曾妈妈。这次陈小翠给曾琳补完课临走时，曾妈妈跟着赶了出来，一把握住她的手说："好班长，请你替我给你们的班主任杨老师带上一句话，就说曾琳的妈妈十分感谢他对我们母女俩的关心，若有机会，还想见他一面……"话未说完，曾妈妈的双眼就布满感激的泪水。

曾琳虽然身体孱弱，但通过医院治疗，气色明显比以前好了些。夜深了，看到女儿仍在一股劲地温习功课，妈妈心疼得不行，"早点休息吧，明日上午还要化验血液呢……"曾琳站起身，伸了个懒腰，做了个舞姿旋转动作，举起双手笑眯眯地对妈妈说："妈妈，我的病是不是痊愈了，我凭现在的身体完全可以参加高考了！"妈妈心里又喜又忧，不知说什么才好。

转眼即至翌年6月7日，像其他应届高中毕业生一样，曾琳参加了全国统考。高考结束，曾琳的身体也基本康复，回到了她和妈妈所居住的那座县城。不久高考成绩揭晓，曾琳以较高的考分被武汉一所省属重点高校录取。遗憾的是，直到女儿上了大学，曾琳的妈妈也没抽出时间同市一中原高三(2)班班主任杨老师见上一面。

这天，她把自己经营的店面生意托付给娘家亲戚看管，终于鼓足勇气，下定决心要去市里同杨老师见上一面。通过一番精心打扮之后出门，她还带上了一大包礼物前往。她要好好感谢那位关心她女儿学习和身体的杨老师。

曾妈妈好不容易才找到杨老师的家。见到杨老师时，曾妈妈不觉惊奇讶愕：原来，杨老师竟是她的初恋情人杨志！只是当初她父母嫌弃杨志家弟兄多而死活不赞同那门亲事。此时此刻，曾妈妈一下子全明白了，那群给曾琳补课的学生背后站着的就是杨志。正在他们手足无措时，杨芸忽然从一间卧室里走出来，叫了一声："曾妈妈——"曾妈妈瞪大那双又大又圆的眼睛："杨芸，怎么会是你?"

杨芸抿嘴一笑，思忖片刻，"这儿就是我家，杨老师就是咱爸呢！"杨芸走到曾妈妈面前，双手拉住她的衣襟，泪水涟涟地说，"咱妈15年前就患病去世了，是咱爸一手把我拉扯成人的……"杨芸停了停，抹了把泪眼说，"曾妈妈，您同咱爸爸好好聊聊吧，我上班去了——"

屋子里的空气紧张而又温馨。杨志走过来拉起曾琳妈妈的手，她那双明亮的大眼睛顿时泪光闪闪，一头扎进了杨志宽大的怀里……

第三辑

EPISODE 3

阅人篇

最优贫困户

春节临近，区里组织给贫困户发放慰问物资了。这本来是件令人高兴的事，可青莲居委会主任老刘却犯愁了。为啥？前年，他将上面分配来的大米刚运到居委会门前，就被几户居民各自搬走了一袋，还振振有词地说，他们家也是贫困户，为什么没有被列入慰问对象？去年就更惨了，他将领回的慰问品藏在社区一栋居民楼车库，还是走漏风声，结果被全部瓜分了，有特困户连大米都没得到一粒……摊上这等事，能让老刘不揪心吗！

青莲社区以前是厂居，大多数居民是破产企业下岗职工，条件都不太好，困难户很多。可上面分配的慰问物资数额又有限，怪不得大家起哄。一袋米、一壶油什么的，也能让穷困人家走一大截路啊。

老刘已接到街办通知，称今年分配给青莲社区的慰问品为12份，比去年增加两个名额。老刘心想，要是增加20个名额该多好，就用不着操心劳神了。春节过后，老刘就要退休，这也是他最后一次发放慰问物资了，再也不能出现什么闪失。这次，他要把政府发放的物资亲自交到特困户手中。

前几次，都是居委会根据平常掌握的情况确定人选。为防止往年的事情发生，得想个法子，可老刘想来想去也没想出个子卯丑寅。他欲召开一次评选活动，通过投票的方式评出慰问对象，这样，大家就不会再有意见了。老刘把自己的想法说出来，就遭到干事小李的反对，说万一那几个特困家庭都轮不到怎么办？他们还不告到区里？最后，居委会还是像往年一样，按平常了解的情况确定人选。老刘让小李写了一张通知，准备贴在社区公示栏。现在关键的问题是，要想个好办法，将物资发放到贫困户手中，还要让大家没意见。

明天就是区里发放时间，老刘想了一夜，想了多种方法都被自己否定了。天亮的时候，脑子里忽然灵光一闪，一个极好的主意产生了。

第二天下午，老刘带着干事小李去街办领慰问物资。小李颇有几分担心地问："刘主任，物资领回居委会，该不会像去年那样，遭到众人起哄瓜分吧？"老刘摆摆手，说："放心好了，我使了个绝好办法，保证不会发生往年那种事情了！"

货车刚把慰问物资从街办拖到居委会门前的通道时，小李拉住老刘的胳膊，"刘主任，你看，那个朱大力又来了，恐怕……"见到那个朱大力，小李便火冒三丈。前两年的这个时候，就是他率先私自带走慰问品，今个儿又跑来了，还不知又要闹出什么鬼名堂。看到朱大力，老刘却不慌不忙，瞅了他一眼，没吭声。

朱大力原是机器厂车工，下岗后在附近一家汽修公司打零工，孩子正上大学。妻子虽说有个事业单位，因常年患病早内退了，家庭经济窘迫，也是困难户。老刘颇有几分同情他，只是上面分配的名额有限，才没把他列为慰问对象。朱大力没多少文化，人可是个大好人，前两年那样做情有可原啊……老刘没有责怪社区的任何人，只是为还有个别特困家庭没有得到慰问物资而难过。

车子还没开到，居委会门前早已站着男男女女的一长溜。小李伸长脖子看了几眼，心里开始发毛了，担心拖回的慰问品又被他们一哄而上地领走。

小李又在老刘耳边低声问："要不要暂时回避一下？"

老刘摆摆手，让司机径直开到大门前。

那些人整整齐齐地站在那里，没有谁要动手的意思，更没有谁跑来扯皮拉筋。这次发放物资的秩序出奇的好，老刘亲手将每一份慰问品从车上搬下来，交给了前来领取的贫困对象。

看老刘将最后一份交给的人是朱大力，小李的一双眼睛顿时瞪得贼圆：朱大力？

这批物资，很快就由老刘亲手顺利地发放给了原定的困难户家庭。

发放完毕，小李十二分不解地问刘主任想的是什么办法，既没有人找歪，也没有人强词夺理？老刘还是摇摇头，说过去了的事情就让他过去吧。

下班时，小李路过社区公示栏，瞧了一眼贴在那儿的《领取通知》，差点晕了。老刘在那些贫困户主的名单后面加了一行字：土寨户勿扰。社区里的人不明白那是什么意思，当然也就不敢贸然行事了。

节后不久，老刘正在办公室清理抽屉柜子，明天他就要去街道办退休手续了。忽然走进来一个中年汉子，身上还背着一位老大娘。老刘定睛一瞧，心里一下子凉了。原来，魏师傅把他瘫痪在床的老母亲背到居委会来了。老刘挺熟悉魏师傅，他不是青莲社区的居民，是个进城农民工。每天上午在建筑工地搬料，下午在街头卖烧饼，现租住在青莲社区。为了给老母亲治病，魏师傅还把她接到了城里。

“刘主任，听说你快要退休了，俺娘说，无论如何也要来一趟居委会，见你一面！”魏师傅把老母亲放在沙发上，走到刘主任面前，一脸的感激。

老刘却懵了，不知道魏师傅母子俩找他做什么。刘主任自觉对不起他们，青莲社区的贫困户实在太多了，还轮不到外来人口……老刘一时手足无措。

“感谢我?”老刘心里一咯噔，暗忖着，只怕这对母子认错了人。他们在青莲社区租了人家两间房，想关照他们，居委会也是心有余而力不足啊。老刘走到魏大娘面前，想解释什么，可魏大娘一把抓住他的手，“刘主任，你是一个好人，俺外来人口你也照顾!”

没有啊、没有……老刘有些糊涂了，在心里说。

“三年来，你都派朱大力给俺家送年货，让俺母子俩跟城里人一样，不嫌弃俺们是外地人……”

老刘明白了，双眼潮湿了。原来，朱大力领走的那份慰问物资，全都送到魏师傅家了!

三个中国娃

三月天，桃花山的桃花开了，满山遍野全都是灿若云霞的桃花。桃花山风景旅游区也迎来了旅游旺季，每天都有来自全国各地的参观旅游团体，人群中不乏外国朋友。

星期日这天，水根、月头和二娃子又相邀前往桃花山风景旅游区。他们肩挎竹篓出门，不是去做手工艺品生意，而是去捡空易拉罐和矿泉水瓶。为首的水根读初中二年级，月头和二娃子还是小学六年级学生，因住一个坳子，每逢双休日，他们三个人就相伴走出坳子到处拾垃圾废品。刚踏上通往旅游区的柏油马路，他们就看见路边停靠一辆出租车。原来出租车已爆胎，加之前面即是陡峭的山路，司机正恳请车上的客人谅解。

水根朝车门里一瞅，噫，还是个高鼻子蓝眼睛黄头发的外国女人呢！甭说，这个外国女人肯定是来桃花山观光旅游的。水根陡然来了精神，用所学过的一些简单英语词汇同她对起话来。外国女游客非常高兴，走下车，同水根握手，并在他们三个小朋友的额头各亲吻了一下。月头和二娃子没学过英语，不知水根和外国女游客叽里呱啦地讲些什么。

外国女游客抬头向周围的山坳望了望，见四处都是灿灿烂烂姹紫嫣红的桃花，不觉大声惊叹起桃花山美丽如画的悦人风景。月头和二娃子听水根的安排，他们仨帮外国女游客各背上一个包。外国女游客在他们的头上摸了一把，颇兴奋地随他们一道向山里走去。

此时的水根灵机一动，决定带着月头和二娃子给这个外国女游客当一回导游。桃花山方圆数十里，哪里有桃花观赏园、哪里是青茶采摘点、哪里为水库漂流区……他都了如指掌，更重要的是，自己还可以跟这位外国游客学一回英语。

见面前三个小朋友纯朴而又热情，外国女游客十分放心，一路上只顾忙碌。她一会儿双手端着摄像机沿途摄像，一会儿换用照相机拉出长镜头拍照，嘴里还不住地叫着："OK、OK"……桃花山旅游区是湘鄂边新开发的一个自然风景旅游区，拳头旅游产品就是这里上百的桃花品种，眼下正是桃花竞相绽放争妍斗艳的最佳时光，整座桃花山的坡坡岭岭坳坳坎坎满眼都是风姿绰约的桃花。水根、月头和二娃子的竹篓里都存放有外国女游客的大小包裹，他们也不觉得累，领着外国客人绕过果老山、鸡头垴、青竹沟等山坳，慢慢地向中心景点靠近。每遇上一块成片的桃树林，外国女游客总要稍作停歇，为他们三个小朋友导演一些动作摄入镜头，也不忘拍下几张照片。月头和二娃子挺配合水根，不时摘一两枝鲜艳的桃花送给外国女游客，水根更是极尽"导游"之意，时不时寻几绺带春絮的柳条并上几枝桃花，送到外国女游客面前，用英语告诉她："这就是中国文学家所描述的桃红柳绿……"

水根、月头和二娃子折腾了大半天，终于把这位外国女游客带到桃花山中心旅游区。坐在一排僻静的桃树下，外国女游客问水根应该支付他们多少酬金。给外国女游客当了一回"导游"，水根虽然觉得很累，但跟着她学到了许多英语口语，收获颇大的。于是，他连忙摆摆手，说不需要一分钱报酬。外国女游客思忖片刻，从随身携带的挎包里抽出一张新版百元人民币递给水根。水根推了几次不肯接受，可这位外国女游客的盛情难却，硬是要水根他们收下了钱。最后，外国女游客还同三个中国小朋友合影留念。

这件事本来就可以这样过去了，可年龄最小的二娃子偏偏用他分得的钱买了一个游戏机一路玩回去。回家后，父母问他哪来的钱买游戏机。二娃子起初说是今天上午拾垃圾卖的钱，脾气暴躁的父亲心想，那玩具游戏机起码得花三四十块钱，仅仅靠几个破塑料瓶子，不要三四蛇皮袋卖才怪呢……二娃子遭受一顿暴打之后，便将钱的来历如实供出。隔墙有耳。水根、月头和二娃子在风景旅游区捣蛋骗得一名外国女游客100元钱的新闻很快在坳子内外传开。有的说那洋妞给的是1000元，有的说给的是100美金，几个从没出过远门的老山民竟然找上水根家欲一睹美钞是啥模样儿。以讹传讹，这拨子事情一直传到了桃花山乡旅游开发办公室秦主任耳里。秦主任是桃花山乡乡长兼职专门抓旅游开发工作的，为此事大为光火，还不知人家海外朋友向国家旅游总局投诉没有，直骂三个小混蛋幼稚愚蠢，当即责令一名副乡长找到为首的水根所就读的乡初级中学。听到有学生在旅游区闯下大祸，校长恼羞成怒，学校办公楼还等着旅游区的资金修建呢，便在电话里一个劲给秦乡长赔不是。校长迅速通知班主任把水根叫到办公室，当着副乡长的面狠狠批评教育了一顿，给予他“严重警告”一次，罚写100份检讨书张贴在学校和旅游区附近的村子。最后，水根、月头和二娃子的非法所得全部退交到乡旅游开发办公室，并处以三个家庭各100元的罚款才算平息这场“坑外事件”。

转眼又是“桃红一年春”，三月天阳光明媚，桃花山又是遍山漫野的鲜艳桃花。风景旅游区又迎来了新一轮的旅游旺季，加之今年是该风景旅游区争创省级“双文明单位”最为关键的一年，乡政府更加注重旅游区的对外形象宣传，达标志在必得，创建全省乃至全国双文明示范景区。

这日上午刚上班，秦乡长的办公室就闯入一位蓝眼珠高鼻子金发女郎。秦主任心头一阵窃喜，说不准是个外国记者呢。金发女郎用一口生硬的中国话作自我介绍。她叫安佩尼，来自丹麦第四大城市奥尔堡市，是个年轻的艺术家。安佩尼边说边从包里掏出几张照片放在秦主任面前，没待她说完，秦乡长的脑袋“轰”地一炸，脸就阴成了一副棺材脸。

照片上的三个小鬼正是水根、月头和二娃子。哎，安佩尼小姐被三个娃子坑骗后如今到中国秋后算账来了。安佩尼继续说道：“尊敬的，我想请您协助，找到照片上的三个中国娃……”

秦乡长猜测对了，连连点头，颤抖着声音说：“今天下午2点半在这儿会面！”桃花山风景区去年没给这位来自北欧的女游客留下美好印象，秦乡长决毅尽最大努力作出补偿，想尽快为安佩尼小姐找到那三个捣蛋鬼，也好让他们当面为外国朋友认错，赔礼道歉。

安佩尼的后脚离开办公室，秦乡长就忙碌开了：一方面通知乡党委办公室文秘抓紧时间拟一份关于对水根、月头和二娃子欺诈坑骗外国游客的处罚通知，以乡政府红头文件打印出来，并署上去年三月份的时间；另一方面，拨通乡派出所所长的手机，安排他务必今天下午两点之前将去年在旅游区制造“坑洋事件”的三个捣蛋鬼送到乡政府。接下来，秦乡长便把“坑洋事件”以及目前的紧急情况向县里分管旅游工作的县委副书记作了简短汇报。县委副书记听了勃然大怒，立即指示秦乡长，组织人员控制影响，争取外国朋友的谅解，否则就要摘掉他的“乌纱帽”……

秦乡长已感到问题的严重性，坐在办公室里如芒在背，惶恐不安。时间一分钟一分钟地过去，关于三个捣蛋鬼的处罚通知早搁在他的办公桌上，然而，直到下午一点半钟仍不见派出所所长将水根、月头和二娃子送来。其实，派出所也是靠旅游区吃饭的单位，所长接受秦乡长的命令自然不敢怠慢，亲自带上两位民警，分骑三辆装有警报器的“边三轮”立马出发了。可他们找到学校时，水根、月头和二娃子一个也不在学校上课，校方都称他们上午就已缺了两节课，现在不知其去向。按照秦乡长的再次命令，下午上班前，派出所的三辆边三轮警车把水根、月头和二娃子的父母全都送进了乡政府。

安佩尼小姐按约定的时间准时赶到秦乡长的办公室。见屋子里的沙发上坐着一长溜男男女女中年人，却不见那三个中国娃，安佩尼的双手往外一摊，正欲问秦乡长怎么不讲诚信时，忽然办公室里撞进来三个气喘吁吁的男娃，正是水根、月头和二娃子。原来，水根不知从哪里得知去年给了他们100元钱的那个外国女游客又来到桃花山的消息，便偷偷溜出学校跑到乡小学，约出了月头和二娃子，一起商量该如何面对那个“女洋人”。最后，他们一致认为还是主动诚恳地向她认错的好，于是便一路寻找到乡政府旅游开发办公室。秦乡长霍地站起身，准备分别让三个捣蛋鬼和他们的父母共同向安佩尼小姐赔礼道歉，再给予她加倍的赔偿金。

与此同时，看到三张熟悉的中国娃的脸，安佩尼喜极而泣，张开双臂一把搂住水根、月头和二娃子，并在他们的脸上狂吻不止。秦乡长心里更虚了，还不知这个金发女郎葫芦里到底装着什么药，更不知她把在桃花山的亲身经历透露给国外新闻记者没有……安佩尼耸了耸肩说：“我这次特意从丹麦赶到贵地，就是前来向你们三个中国娃道歉，并补足去年的酬金——”周围的人一下子全成为丈二和尚，懵了，个个瞪大惊愕的眼睛直勾勾地盯着安佩尼。安佩尼顿了顿，又满脸愧疚地说道：“去年这个时候，是你们三个娃带我将桃花山的风景游览个遍，大半天时间，我本想给你们各支付100元人民币酬金，可是，我最后总共才支付给你们100元钱。后来，我的摄影作品组照《中国桃花》和录制的自然风景短片《桃红柳绿》都获得丹麦国的最高艺术奖，并在欧洲各国进行了巡回展播。获得成功后，我越来越觉得内心的不安与惭愧，觉得很对不起帮助我完成那些获奖作品的三个中国娃……”

听到这里，在座的各位如释重负，深深舒缓了一口气，紧锁的眉头随之展开。秦乡长的脸也倏然变成了解放区的天，嘴巴嚅嗫几下，想给安佩尼小姐解释什么，结果什么也没说出口。

不知何时，办公室里多了一位戴眼镜的高鼻梁先生。安佩尼把他拉至秦乡长办公桌前介绍道："这是我表哥梁先生，是台湾著名的茶叶经销商，看了我的获奖作品之后，决定在大陆开发桃花茶这一新产品，也便随同我一道来到这儿!"

办公室里顿时响起雷鸣般的掌声。

就在这个春天，安佩尼的表哥梁先生便投资在桃花山兴建起了一家厂子，专门加工桃花茶。在桃花山一带，家家户户都参与桃花茶的加工。山民们见能在自家门前赚钱，高兴得合不拢嘴。他们所加工生产的"桃花茶"是一种全新的产品，从这里销往世界各地。这种茶，梁先生把它的名字取做"中国桃花"。

我不是你的天使

小芬初中毕业，在家里做了半年家务，就来到省城当上保姆。老板姓徐，是一家公司总经理，他老婆姓艾，从棉纺企业下岗后去了丈夫的公司。小芬进他们家做保姆时，他们的儿子徐艾刚读高二。按照老板娘的指示，小芬叫男主人徐伯，叫她艾姨。

和别的家庭保姆一样，小芬每天都要为徐家拖地板，拾掇房间，浆衣洗裳，时不时还要给女主人帮厨。活路虽说不重，但一天干下来还是颇累人的。

有天傍晚，小芬独自在寝室休息时，徐伯突然闯进去，看见她手上正拿着一册全国英语等级考试教材，便笑了笑说：“小芬，你还挺爱学习?”小芬没敢吱声，生怕徐伯发泄脾气解雇她。同时，她心里也明白，艾姨今天一早就陪徐艾去参加“中学生物理奥林匹克竞赛”的全省选拔赛，偌大的屋子里今晚就住着她和徐伯。小芬站起身，恭敬地朝他微微一笑，十分尴尬地搓起双手。徐伯在她的头上轻轻抚摸一下，“等徐艾考上大学，你就去我的公司上班。”说完，他就转身走了出去。

小芬和徐艾差不多是同龄人。如果不是出生在那个偏僻农村，家境窘迫，她自然也不会来省城做保姆，同样会像徐艾一样坐在宽敞明亮的教室上课。渐渐的，小芬得知徐艾是班上的尖子生，物理成绩更是出类拔萃，自读初中三年级开始就是《中学生物理报》的特约记者……她为徐家能有徐艾这么个聪明孩子而感到骄傲和自豪。

果然不负众望，徐艾在全省的“中学生物理奥林匹克竞赛”选拔赛中荣获一等奖。他领回获奖证书的那个下午，其父母恰好去参加公司一职工的结婚典礼。徐艾手捧那本鲜红丝绸封面的荣誉证书，径直跑进小芬的卧室，满脸激动，“小芬，这是我的获奖证书!”说着把证书递给小芬。

接过证书，看着上面烫金的“荣誉证书”四个大字，小芬的双眼也潮湿了。

就在小芬欲返还证书的刹那间，徐艾的双手竟一把将她的胳膊紧紧抓住，宛若大男子汉似的，深情款款地说：“小芬，自从见到你的第一眼起，我就发现自己喜欢上了你……”

天啊，小芬简直不敢相信这话居然出自徐艾的嘴。时间一下子凝固了，两个少男少女的脸都羞红至耳跟。小芬更是觉得胸口跳得厉害，扎着头，半晌说不出话来。来到徐家做了大半年保姆，小芬从未与徐艾讲过一句话，他俩甚至连腔也从未搭讪过一次。徐艾怎会做出如此举止呢？小芬心里忐忑不安，泪水也涌了一脸，想挣脱，可对方的双手却死死攥着她的两只胳膊。惊恐得浑身发颤的小芬，都快要哭出声了。她咬紧牙，保持着镇定，说：“我是你们家的小保姆，徐艾，别、别这样……”

“不，你不是小保姆，你分明是上帝派到我们家的天使！”徐艾将小芬直往怀里拽，还把她的头捂在胸前。

小芬有些喘不透气，陡然变得语无伦次，“不，我不是天使，不，我是保姆……”

徐艾将她的嘴蒙住，“不，你真是我的天使——”顿了顿又说，“这些天来，我做梦都在想同你单独相处，谈一谈属于我们这个年龄的知心话题……”

小芬狠命地摆脱徐艾，头发也全散开，可他却不依不饶，还要无休止地纠缠。要不是想到往日徐伯和艾姨对她的种种好处，这时候小芬肯定扇了徐艾两耳光，然后夺门逃出这个家庭。小芬正了正身子，脑子灵机一动，十二分严肃地对徐艾说：“当然我们做朋友可以，但是，你不能这样对我动手动脚，再说，我们的年龄还小，怎么能谈论天使和魔鬼方面的事情呢……”

徐艾终于低垂下头，神情落寞。

小芬思忖片刻，接着说道：“徐艾，等你将来考上名牌大学，我一定愿意和你交个世界上最好最好的知心朋友……”

徐艾说：“真的？”

“真的！如果你不放心，那我们现在就拉个钩吧！”说着，小芬主动伸出右手，和徐艾拉了钩，都表示坚决信守诺言，永不反悔。

之后不久的一天晚上，小芬刚睡熟，就被主人两口子卧室里传出的争吵声惊醒。她忙爬起床，蹑手蹑脚地走至他们卧室的房门前，隐约听得出老板所争论的问题，似乎与自己有关，还比较清楚地听见艾姨多次提到“小芬”、“妖精”之类的话语。她心中忽然明白几分，回到睡房翻来覆去的，再也无法入眠，暗想：自己同徐艾拉钩的那个约定，肯定被艾姨知道了……果真不出所料，第二天上午，待徐伯上班后，艾姨就叫小芬打住手中的活，把她叫到跟前，声色俱厉地说：“小芬，以后别忘乎所以，你是我雇请的小保姆，做好分内的事才是你的工作……”小芬没敢顶撞艾姨，嘴巴嗫嚅几下想解释什么也没敢吱声，神情黯然地点了点头，继续忙碌开。

小芬发现自己房间的抽屉被人翻动，心想，艾姨一定偷看过她的日记。不然，她不会如此严厉……小芬拿出日记本，一页页翻阅自己亲手所记载的文字，其实，只有一页上写着寥寥一行：“我是一个小保姆，我不是你的天使。”艾姨发泄脾气，大概就是冲着这句话。小芬很想把心中的不悦告之徐艾，让他给父母讲清楚，一切都不是她的错，以便消除误会。然而，小芬根本就不明白，艾姨是多次听到丈夫对她的夸奖后才顿生嫉妒，才提醒她要恪尽保姆职守。

时光过得真快，转眼即至高三下学期，进入高考最后的冲刺。徐艾早住宿在学校，星期天也被学校取消，就连月休假，徐艾也待在学校复习。生活费、衣物和滋补品全由父母驾车送去，他们生怕耽搁儿子的学习。小芬亦为徐艾的勤奋努力而由衷高兴，从内心深处祝愿他如愿考上名牌大学，实现心中理想。小芬没有过多地去思考和徐艾的那个所谓的“拉钩约定”，忙里偷闲自修英语，牢牢记住自己现在是徐家一名小保姆。

高考结束，徐艾兴冲冲回到家里，决毅把自己的考试情况全部报告给小芬，并且还要询问她是否遵守曾经的诺言。可是，小芬已于前一个星期被他的母亲辞退。徐艾心里顿时凉了一大截，责问母亲：“小芬在我们家做得好好的，您为什么要辞退她呀?”

母亲摸了摸儿子的脸，停了停说：“徐艾，你不是说过，妈妈是你心目中最亲近的人吗？我为什么要辞掉小芬，你长大以后自然就会明白!”

徐艾当然不会把自己和小芬那个拉了钩的约定告诉母亲，更不会告诉母亲，就是小芬的那个约定给予了自己奋力向上考名牌大学的勇气和毅力……

高考成绩揭榜，徐艾的考分位居全校第二名，被复旦大学物理系录取。他想，如果小芬仍在自己家里做保姆，她知道了不知会有多高兴。徐艾想去寻找小芬，小芬的家究竟住什么地方呢？小芬是母亲从保姆市场领回家的，只有她知道小芬老家住址。但是，母亲怎么也不说出小芬的家庭地址。上了大学许久，徐艾心里仍惦记着小芬，并一次次打电话给父亲，如果有人知道小芬的下落，嘱咐父亲把她安排进公司上班。

四年大学生活转瞬即逝，徐艾以优异成绩通过托福考试，加之又有殷实的家庭经济条件，准备去美国纽约大学攻读硕士。

出国之前，徐艾想在国内完成一项有关物理应用方面的调查报告，调查对象选择在几家外企。经过教授引荐，徐艾来到著名的伊能集团公司。他踏进集团公司办公室欲取一份复印资料，几乎与此同时，徐艾和小芬一眼就认出对方，并且都惊叫一声——

“小芬！”

“徐艾！”

要不是还有其他几位工作人员，徐艾定会跑上去将小芬一把抱住。殊不知，这些年苦苦寻找的天使竟会奇迹般地出现在眼前。正所谓众里寻她千百度，蓦然回首，那人就在灯火阑珊处……

他们选择了一间幽雅清静的茶楼，一边品绿茶吃西点，一边聆听婉转的轻音乐，心情就像窗外的天空一般豁朗。四年之后的相见，他们已不是当初的两个少男少女，也就免去曾经的那份羞涩与腼腆。

“小芬，你让我找得好苦啊——”徐艾的心情特别激动，“记得那年高考结束回到家里没有见到你，我连续几天吃睡不香，连梦里也全都是我们为了那个约定拉钩时的情景……”说着说着，徐艾的泪水跟着淌了一脸。

“你考取复旦大学，如今又要去纽约大学攻读硕士，我真替你高兴啊！”

“小芬，快告诉我，这些年来，你在忙啥呀？”徐艾一把握住小芬的手，迫不及待地问道，“你还记得吗，我曾经说过，你就是上帝派给我的天使！”

“不，我不是你的天使，我曾经只是你们家的一个小保姆。”小芬想摆开徐艾的手，使了使劲却没成功，反而让他握得更紧巴了。小芬嫣然一笑，说，“经过几年自修，我顺利通过了大学英语六级考试，现已在伊能集团公司做翻译将近半年时间了……”

“小芬，我现在要带你一道去美国深造！”

“不不不，徐艾，我不是你的天使啊——”说完，小芬挣脱徐艾的双手，一头跑出茶楼，消逝在茫茫人海……

最后一枝红玫瑰

王婕妤并不“婕妤”，却是一个十足的苦命女子。嫁给丈夫10年来没过上几天舒服日子不说，更要命的是，就在她遭遇下岗之后不久，丈夫还因一场意外的车祸至今瘫痪在床。哭肿眼睛泡的王婕妤真想一死了之，天生丽质的容颜也因此而憔悴，可看到渐渐长大并且懂事的女儿小铃子时，铁石心肠又变软。王婕妤咬咬牙决心支撑起这个家。

几经周折，她便在住宅区附近的超市门前摆弄个花摊。每日早晨起床，王婕妤料理完家务活、安置好丈夫就蹬着三轮车匆匆出门。进出超市的人们天天都可以看到，一位卖花少妇的三轮车上摆着五六只塑料桶，桶里分别插有月季、百合、玫瑰、康乃馨等艳丽的花儿，花摊周围弥漫馥郁的清香。那位卖花少妇就是王婕妤。由于她所销售的花新鲜娇媚，价钱又低，每天不到下午总能卖个精光。一日中也只有此时此刻，王婕妤脸上才露出舒然惬意的笑。

眼下时节已立春，而这座江南小城的天气依旧沉浸在去冬的寒凉里，偶尔还会降落一场不大不小的雪，典型的“倒春寒”。

2月14日是情人节，王婕妤起了个大早。雪后初霁的早晨显得格外清冷，晨风吹刮在脸上颇刺骨的。王婕妤顾不了那么多，早早地赶到鲜花市场批了百余枝红玫瑰，把几个塑料桶插得满满的。她知道，每年的这一天，红玫瑰都会卖个好价钱。花摊上一枝枝含苞待放、鲜艳欲滴的红玫瑰，好像在对过往的路人倾诉着一曲曲那些浓酽得难以化开的恋歌。不到下午白领族下班时间，王婕妤的红玫瑰就卖得所剩无几。

这时候女儿小铃子也放了晚学，跑过来准备接妈妈回家。小铃子见妈妈面前的塑料桶里还有少许红玫瑰，就径直选出最娇艳的完好无损的一枝，握在手里左瞧右瞧。小铃子已从街头形形色色的广告牌上明白今天是情人们的节日，心里就暗自思忖：这枝红玫瑰我也要送人！

王婕妤把几个桶里还完美的玫瑰一枝枝择出来，集中放在一只塑料桶里，摆在最显眼的位置。不一会儿，又过来几对情侣挑去好几枝红玫瑰。每每有相伴携手的情人买走玫瑰，王婕妤都要目送他们老远。

看着街市上来来往往胳膊挽着胳膊的一对对有情人，想想这些年来的家庭生活，不禁悲从中来，感慨不已。情人节的超市特别热闹，大门前进进出出的人们摩肩接踵，王婕妤花摊的玫瑰也一枝枝被情人们购走。她也毫不犹豫地从里面择出一枝花红叶绿的玫瑰，趁女儿不曾留意时悄悄放进车肚下面的一个围兜里。她要把这枝鲜红吐芬的玫瑰送给她瘫卧在家的丈夫，让他感受夫妻间在情人节里的浪漫与温馨。

王婕妤清楚地记得，她与丈夫初次会面的日子也是情人节。那天，他给自己送过一枝红玫瑰。很快，王婕妤的红玫瑰全部售完，就连有几枝落了花瓣的也给卖了出去，桶子里仅剩下只见绿叶不见红花的光枝杆以及已经脱落下来的玫瑰花瓣。

正欲收摊返家时，一行色匆忙手持一束红玫瑰的年轻人跨步迈到王婕妤的花摊前，竖起一个指头问道："老板，你能卖给我一枝玫瑰吗？"

王婕妤十二分歉意地颔首一笑，说："对不起，我的玫瑰刚刚卖完呢。"

年轻人一脸焦虑，又问："老板，你能想办法帮我弄到一枝红玫瑰吗？"

王婕妤顿了顿说："你手里不是正握着一束红玫瑰吗，还要一枝干啥？"

"不，老板，今天正好是我女友二十一岁生日，而我已跑了好几处花摊总共才买到二十枝……"看着只剩下残枝败叶的几个花桶，年轻人的脸上不时浮现出失望和懊恼，掉转头正欲去另寻其他花摊时，忽然看见站在一旁的小女孩手里竟拿着一枝娇嫩艳丽的红玫瑰，不觉眼睛一亮，赶紧问："小朋友，这枝玫瑰卖吗？"

小铃子嘴巴一噘，"不卖，我要送人的！"语气坚毅而透着一种神秘。

"卖的卖的，8元一枝。"王婕妤这时才想起女儿手里还拿有一枝红玫瑰，忙对年轻人赔着笑。她一边说一边去夺女儿手里的那枝红玫瑰，可小铃子性格犟，一反手将红玫瑰藏在背后，不置可否。

“这枝红玫瑰我愿付16元！”

“不卖不卖……”

“瞎闹！”王婕妤目光一黯，给了女儿一巴掌，接着从她手里抽出那枝红玫瑰递给年轻人。不过，王婕妤只收了他8元钱。小铃子泪光闪闪地望着妈妈，生气地问道：“妈妈，您的车兜里不是还有一枝红玫瑰吗，为什么偏不卖？”王婕妤摸了摸女儿的头，“小铃子，你太小，不懂得妈妈的心事。”说完，她的双眼也潮湿了。

“妈妈，刚才的那一枝红玫瑰，女儿是想留着送给您的！”小铃子双手蒙着脸嘤嘤地哭着跑开……

王婕妤收拾干净塑料桶蹬上三轮车准备返家时，突然有人叫住她，“请问，你是王婕妤女士吗？”王婕妤看见面前站着一位陌生的打扮时髦的女孩，手里还握着一大束鲜艳的红玫瑰，不知所措。时髦女孩微笑着说：“王女士，我是送花公司的，这是一位先生给您电话预定的红玫瑰，请收下！”

手持红玫瑰的王婕妤成了丈二和尚，到底是谁会在情人节给自己送玫瑰呢？是不是送花公司的小姐搞错对象？这束红玫瑰一定是要送给一个与自己同名同姓的女孩……王婕妤数了数，那一束红玫瑰共有13枝。唉，自己与丈夫从相识到今天也正好13年了啊！想着家里的丈夫早该饿了，她来不及往深处想，就把车子朝住宅小区蹬去。

到了住宅小区，王婕妤把那束红玫瑰插在一只塑料桶里，连同三轮车一起放进楼下的储存室，然后从车兜里取出她早已挑好的那一枝红玫瑰。可是，当手持一枝红玫瑰的王婕妤打开防盗门踏进客厅时，迎接她的不是丈夫，而是一股刺鼻的血腥味。王婕妤心跳加快，疾步向丈夫的卧室走去。面前的一幕让她傻了眼，手里的一枝红玫瑰也无声地滑落：丈夫的床上全是鲜血，他已割腕自杀……后来，王婕妤在丈夫的笔记簿里意外地发现了一张送花公司开出的收款收据。

习惯了也快乐

刘芳和杨燕是高中三年的同桌。两个女生不仅关系亲如姐妹，更巧的是，长相还生得颇有几分相同，只是学科成绩不是很理想。但她俩都有一副好嗓子，只要学校组织文艺活动，必定是舞台上最耀眼的一对明星。无奈，两人高考都落榜了。刘芳因家庭经济窘迫，没钱复读，只得回到那个偏僻的农村家里。杨燕则幸运得多，经推荐，进了省音乐学院。

刘芳本想外出打工，后来在她的高三班主任老师推荐下，去当地乡小学当上一名代课老师。再后来，嫁给了乡政府一名宣传干事。丈夫是从农村考出来的，还没转为干部身份，工资不高。他平常没有别的爱好，有时间就给报刊写稿，挣点生活补贴。刘芳生下孩子，就没当代课老师，在家中相夫育子。日子虽然过得紧巴巴的，可在乡下那个小集镇生活也便习以为常。

那个班主任像一位慈祥的母亲，一直都很关心刘芳。刘芳更是心存感激，每次去县城，都要去班主任家看望她，送上一些土特产。在老师那里，她得知了杨燕的情况。大学毕业后，杨燕进入一家大企业从事宣传工作，嫁了个部门经理，日子过得十分滋润。她不敢给杨燕打电话，多少有些自惭形秽，觉得两人现在的差距真是太大了，简直一个在天上，一个在地下。

有天，刘芳突然接到杨燕的电话，欣喜不已。叙了一会儿旧，杨燕对刘芳说："我已和老公考虑了很久，准备帮你丈夫在省城找份工作，不说别的，工资起码是在乡政府上班的二三倍啊，不知你们有什么想法？"

"谢谢你哦，这事，我还要同当家的商量一下。"丈夫在乡政府干了十几年，还是一个普通干事，转了几批国家正式干部，总没有他的分……想到这里，刘芳恨不得自己的男人马上就能换个好工作。

丈夫下班回家，刘芳迫不及待地把这事给讲了。丈夫听了，轻叹一口气，“你不就是羡慕那个考上音乐学院的同桌吗？结婚前，你梦想得到一台钢琴，下个月，就给你买一架回家，行不行啊？”

刘芳上高中时，曾在学校练过钢琴，心中也一直有个梦想，那就是将来拥有一台属于自己的钢琴，天天练习，弹奏自己钟爱的音乐。

听到丈夫这话，刘芳的泪水很不争气，忍着忍着就淌了一脸，“我嫁你，就图个安安稳稳、和和气气的小日子。不然，我早就去广州打工去了！”其实，男人是个老实人，没什么大的追求，就喜欢平平淡淡、波澜不惊的生活，这也正是刘芳所需要的。

最后，刘芳在电话里婉言谢绝了杨燕的一番好意，告诉她：“我们住在乡下，过这种日子，早已习惯了，有空，请你们一定要来我这里做客啊！”

两个星期之后，丈夫果真从县城买了一台钢琴回家。刘芳又激动又奇怪，他哪来一万多块钱的，难道？

原来有个喜讯，丈夫没有告诉刘芳。前一阵子，电视台自拍电视剧走俏，他给南方一家电视台写了一个五集电视连续剧，得了一笔可观的稿费。不久，他还收到那个剧本的奖金，终于圆了妻子的钢琴梦。刘芳虽然痛惜花了一大笔钱，但她心里幸福得像一只快乐小鸟，暗自庆幸，能嫁给他，是前世修来的缘。

杨燕工作轻松，生活娴雅，平常有空就给刘芳打个电话，聊聊同学时光。转眼十五年过去，刘芳的儿子上中学了。班主任忙工作，也一直没时间到那个偏僻小乡看望刘芳。直到退休，她才叫上杨燕，轻轻松松地一道去。

那次，是杨燕自己驾驶豪华私家小轿车去的，到了那个集镇，好不容易才找到刘芳家。见到阔绰气派的杨燕，刘芳不禁悲从中来。当年高考，她的成绩比杨燕还要高几分，唱歌表演等特长方面也并不亚于杨燕，甚至还要略胜一筹。这是学校公认的。可命运就这样捉弄人，如果当初她能上音乐学院，或许，自己也能像杨燕一样嫁个有钱男人，保养有素，年轻漂亮，过上富裕日子……

师生仨一起痛痛快快地玩了几天。返城时，杨燕从旅行包里拿出一沓钞票，“刘芳，这一万块钱，是老同学的一点心意。请收下吧！”说着，又从小车后备箱里提出几个大塑料袋，“还有，这是给你和儿子买的几套衣服，也请收下。”

刘芳的眼泪哗地流出来，把钱塞进杨燕的包里，“衣服，我收下，钱，我不会要一分。这年头，挣钱都不容易，再说，像我们这偏乡僻壤，大伙儿都是这样过着简简单单、平平常常的日子，没别的奢求，就指望孩子读好书，今后会有所出息……”

然而，一件意想不到的事情很快发生了。杨燕驾车折回，没走出小镇多远，在一个岔道口与一辆货车相撞，坐在副驾位子的班主任老师甩出车门十几米，当场晕死过去。车虽然撞瘪了，杨燕却奇迹般地平安无事。

在那个小镇医院，刘芳和杨燕坐在班主任病榻两边，攥紧她的手。想着昔日恩重如山的老师，转瞬间变得命在旦夕，她俩心痛万分，强忍着泪，在心中默默祈祷老师能挺过这场灾难。

班主任把头转向刘芳，嘴巴嗫嚅着，声音微弱，“有件事，一直瞒着你……”

刘芳咬着下唇，鼻子酸酸的，“老师，您不要说了。您对我已经够关爱的了，这辈子，我也感激不尽啊！”

“这件事，我一定要说给你们听。”班主任脸色苍白，强撑着虚脱的身体，似乎想把这一生的遗憾一吐为快。

杨燕泪挂腮边，自责不堪，班主任遭遇飞来横祸，都是因为坐自己的车。老师在这时候要讲明一件事，未必……两人同桌时，她和刘芳因为长相，被同学们认为是同胞姐妹，难道还真有什么秘密隐藏在老师心里？杨燕一头雾水，突然感到害怕了，真不知老师究竟要说什么。

刘芳和杨燕不由自主地把头埋在班主任怀里，像一对孝顺的女儿。老师的声音尽管十分微弱，但她俩都听得清清楚楚。

原来，省音乐学院当年给了学校一个推荐名额，负责招生的同志看了杨燕和刘芳的一些舞台表演录像资料，决定让刘芳参加面试。而班主任一时没找到刘芳的联系电话，加之，杨燕还是她的一个亲戚，这机会实在难得，于是一时私心顿生，便通知了杨燕。心想，反正两个女生的个头和长相都差不多，外人根本分辨不清……

实际上，在杨燕进入音乐学院的第二年，刘芳就听别人讲了这件事。她没有埋怨谁，更没有责怪班主任老师。就连在丈夫面前，她也不曾提及。心想，自己生活得虽说贫穷点，但倒也快乐，就当什么事情都没有发生。只是杨燕至今不明真相。

“这是真的吗?”杨燕顿时瞪大眼睛，双手扶着老师的胳膊。然而，老师已永远闭上了双眼……

租个妈妈回家团圆

春节临近，在省城打工的杨云灿犯愁了。他谈了个女友，准备带回老家过年，可家里又没有人能够烧出可口饭菜。为啥？自从母亲去世后，父亲杨二福既当爹又做妈的把他拉扯成人，还供他上大学。杨二福是个木匠，由于忙着挣钱，一直没在厨艺上用功，也没再娶。杨云灿把这事向女友小钰一讲，她沉吟片刻，然后嫣然一笑地说："我帮你去租一个妈！"

杨云灿和小钰是上半年在一个派对上相识的，如今已爱得如胶似漆。小钰在省城一家报社做招聘记者，青春靓丽、活泼大方不说，还是个挺有心计的女孩，对杨云灿更是关心备至。

"租个妈？"杨云灿瞪大眼睛，看着小钰竟一时说不出话来，心想，以前只看到过关于租男友女友的新闻，这年头，难道连妈都能租回家了？

你还别说，没出两天，杨云灿就接到小钰的电话，让他去见见租来的妈。他以为小钰开玩笑逗乐子，赶到指定的小饭店，只见小钰身旁坐着一位打扮朴素但衣衫整洁的大妈，她俩正有说有笑地谈论些什么。杨云灿走到餐桌前，大妈笑容顿敛，正襟危坐，没再吱声。

"这位大妈姓周，你叫她周大妈吧。"小钰忙站起身，滔滔不绝地介绍道，"和周大妈的协议书，我已经写好，到时候，你签个字吧。"说完，她看了杨云灿一眼，诡秘一笑。

明白周大妈是从一家服务公司雇请来的"保姆妈妈"后，杨云灿放心了，也从内心深处佩服起面前这个当记者的女朋友。他们仿佛真是一对母子了，边吃饭边聊天，还越谈越投机的。周大妈说她老伴死得早，来省城做服务工作有段时间了……杨云灿趁机倾吐父子俩生活的一肚子苦水，听得周大妈的泪水差点流出来。周大妈还不时用勺子给杨云灿奉菜舀汤，小钰羡慕得要命。令杨云灿惊奇的是，周大妈还和自己是老乡，两家相距一条河流！于是，这对“母子”又多了一些话题。

转眼即至春节放假时间，杨云灿带着小钰和周大妈登上返乡的长途客车。因提前给父亲打了电话，杨二福早在村口等候。看到未来的儿媳妇漂漂亮亮婀婀娜娜，和儿子亲亲热热，杨二福喜得合不拢嘴，连忙迎着她直往家里接。杨二福没和周大妈搭讪，只顾招呼小钰。细心的杨云灿发现，父亲只瞅了周大妈一眼，脸上就掠过一丝惊愕。想想，他们毕竟是年纪相仿的老人，也便没在意什么。

以前，杨二福靠做木工挣钱供给儿子读书。现在，儿子大学毕业上班了，他也自然轻松许多。杨云灿曾多次打电话回家，不要父亲出去揽木工活了，就在家里种点口粮田，零花钱由他寄。可杨二福闲不住，舍不得丢弃木匠手艺，坚持不让儿子寄钱。这年头，虽说农村木工不走俏了，但家里做张桌子、打个柜子、修理农具之类的活计，还得请木匠上门来。平常都有活做，杨二福手头上还算宽余，年关早在家中准备好一大堆猪肉鱼肉鸡肉什么的。周大妈是个利索女人，来到杨家当日就忙碌开了。个把小时，她就盘弄出几道色香味俱全的农家私房菜，吃得大家心里暖呼呼的。

来到杨云灿老家，小钰不顾寒冷天气，整日缠着他在村庄里到处转悠。而周大妈则在杨家忙忙碌碌，除一日做几餐饭外，还帮助杨二福整理房间，浆衣洗裳，忙得不亦乐乎。杨云灿觉得这样冷落了周大妈，想要小钰也把周大妈带上，一道出去看看冬天的村景。小钰似乎有些不高兴，嘴巴噘得老高地说：“我们租她来是花钱了的，就让她在你父亲家里好好做几天吧，到时候，多给她发个红包不就扯平了？”

这天下午，杨云灿和小钰在村庄附近的堤坝上溜达了一圈后返回，远远地就能听见厨房传来说话声。杨云灿疾步走过去，躲在窗子旁探听，原来，父亲正向周大妈讲述自己过去的事情，说到激动处，还不时喊她几声“梅香”的……杨云灿心里一怔，难道他们早就认识？回过头来问小钰是怎么一回事，小钰却说，周大妈是报社一个同事介绍的，并不清楚她以前的情况。小钰顿了顿，又对杨云灿说，周大妈已来了两三天，说不定，他们现在已成为熟人了，在一起聊聊以前的生活，又有什么值得大惊小怪啊。

大年三十是个晴好日子，周大妈拿出最好手艺，在杨二福的协助下，半日功夫，就精心烹调出一桌子团年饭。杨云灿把从省城买回的好酒，给各位一一斟上。看到满满一桌子香喷喷的年饭，杨二福高兴得落泪了，老伴走后，自已和儿子何曾吃过这样丰盛的年饭？他从储藏室里抱出早就买回家的窝子鞭，在大门前禾场上点燃放起来，“噼噼啪啪”的鞭炮声响彻整个村子。

待杨云灿敬完酒，小钰接过酒瓶子，先给周大妈敬了一杯，紧接着又给杨二福敬了一杯，“杨伯、周姨，二位也不必隐瞒什么了，你们年轻时候的事情，我和杨云灿也略有所闻，如果合得来，我建议，等过完年，你们二老就去办个手续吧！”停了停，又抿嘴一笑地说，“我和杨云灿都十分赞同啊……”

小钰突然讲出这番话来，杨云灿有些莫名其妙，嘴里嗫嚅了几下，想问她是不是喝多了酒，可话到嘴边还是咽了下去。小钰不是说周大妈是经别人介绍的么，难道？杨云灿又不便当着父亲的面询问小钰，只顾埋头吃菜喝酒，更不明白周大妈和父亲以前究竟是什么关系。

不料，杨二福自已斟了一杯酒，举起酒杯，脖子一仰，喝干后顿了顿说，“这件事，我也考虑许久，没想到，你们这次回老家过年，还把她也给接来了，这样孝顺啊，我以前的辛苦没白费……”说着，瞟了眼坐在旁边的周大妈。

杨云灿更加糊涂了，埋头不语。

小钰用筷子拦住正在夹菜吃的杨云灿，单刀直入地问：“云灿，你乐意接受周大妈吗?”

“我一百个乐意，就怕周大妈嫌弃咱杨家条件差呢!”这时候，杨云灿还有什么话可说，又害怕失去女朋友，虽然心里糊糊涂涂的，还是先给小钰一个台阶下了再说。

杨二福忽然站起身，提着酒瓶，亲手给儿子和小钰各敬了一杯酒。看到他们脸上荡漾的神情，周大妈没喝也醉了。

事情是这样的。

周大妈名叫周梅香，家住河对岸。20 多年前，杨二福还是个木工学徒，师傅常带他去河那边走村串户做木工。在周家做活路时，杨二福竟和主人家女儿周梅香一见钟情。那时，周梅香在村小当民师，而杨二福家弟兄多，经济拮据，穷得喊，周家死活不同意这门亲事。后来，父母把她嫁给了村上一个年轻干部……去年，杨二福去河那边做木工活时，偶然听到了有关她的情况。周梅香嫁给那个村干部后，生了两个女儿。十年前，丈夫就在一场意外的车祸中丧生。她没有再找男人，含辛茹苦把两个女儿抚养成人，还资助山里的贫困生，在当地有口皆碑。等两个女儿出嫁后，自己却老了。杨二福来到周梅香家，说明自己的境况后，两人依然心生爱意，都想重续前缘。可杨二福担心儿子不赞成，十分郁闷。

小钰就是周梅香曾经资助过的贫困学生。她大学毕业在省城找到工作后，所做的第一件事就是寻找恩人周梅香。几经周折，她终于找到周梅香。令小钰始料不及的是，周梅香家并不富裕，如今还是孤身一人过日子。当小钰了解到杨二福顾虑儿子不同意和周梅香的婚事后，决定帮周大妈找回失落的爱情。正好，杨二福的儿子杨云灿大学毕业后也在省城打工。小钰把周大妈接到省城，帮她找了份做保姆的工作，利用自己采访的机会，没费多少工夫就找到了杨二福的儿子。看到杨云灿是个阳光男孩，又没有女朋友，小钰心动了，决心来个两全其美。于是，就有了这个“租个妈妈回家团圆”的故事……

天使没有眼泪

升至高三不久，秦河就被一场突如其来的疾病击倒住进县医院。更可怕的是，他还被诊断已患上绝症，医生也给他下达“判决书”，悄悄告诉其父母，秦河的时日可能为数不多了……躺在病榻上做保守治疗的秦河当然不会知道自己的病情有多严重，每天读读书、听听音乐打发光阴。看到儿子瘦骨嶙峋的身体，父母只得背着他偷偷地流泪。

这天上午，秦河刚挂上点滴就听见住院部走廊的歌声：“小燕子，穿花衣，年年春天来这里……”没一会儿，病房就闯进来一位头扎辣椒辫、哼唱着儿歌的小女孩。小女孩大约四五岁的样子，她那又大又亮的眼睛、红扑扑的苹果脸，看上去挺惹人喜爱。秦河与小女孩的目光一碰，她就停止唱歌。小女孩的长睫毛一闪一闪，顿了顿，然后十分腼腆地说：“叔叔，对不起，我做错了……”秦河连忙爬起身，对她微微一笑：“小朋友，你的歌唱得真好，我可喜爱听啦——”小女孩瞪大双眼盯着他，似乎在问秦河是吗？秦河又笑了笑说：“小朋友，叔叔请你明天还来这里唱歌，好吗？”小女孩没吱声，转身跑开。

第二天，小女孩果真来到秦河的病房唱歌，并且一连给他唱了二三首儿童歌曲。秦河不失时机地为她讲了两个小故事，这样，他们之间的距离也便更近了。自此，他的病房里就多了一个小朋友。每天上午挂上点滴时，秦河就开始等待小女孩了，等待她的歌声。小女孩每次来到病房，都要给他唱一二首儿歌，唱完后再出去玩耍。没多久，秦河得知小女孩有一个很好听的名字，她叫艾丽诗，是一位名叫若凡的护士小姐的女儿。有时候，逢若凡的休息日，艾丽诗就不会来他的病房唱歌。看不见艾丽诗，听不到她的歌声，秦河心里特别难受，暗自思忖：艾丽诗还会不会来我的病房唱歌呢？如果下次来，她将会带给我什么好听的新歌呢？一段时间以来，艾丽诗的歌声日夜回旋在秦河的脑际，成为他生命中最灿烂最炫亮的部分，给他带来了无限的温馨和慰藉。她哪里是若凡护士小姐的女儿呢，分明是上帝派来的天使，用歌声拯救秦河灵魂的天使……秦河即将熄灭的生命火花也因此被重新点燃。

半年过去，秦河的病情不但没有恶化，其脸庞反而泛起了道道红晕。医生和他的父母都为秦河这一奇迹般的变化感到震惊与欣喜。经过近一年时间治疗，秦河的身体日渐康复，返回校园。秦河又可以实现自己的梦想了，因为他的哥哥秦山已于五年前考入德国留学，他也要像哥哥一样刻苦勤奋学习，力争将来能够出国深造。高三毕业，秦河参加了全国统考，考上省城一所师范院校。接到大学录取通知书那天，秦河特地赶到县医院，他要把这条好消息告诉艾丽诗，不，告诉他的天使。如果没有艾丽诗，也许就没有他的今天。然而，医院里的人说，若凡系医学院的一名学生，她是前来实习的，早已带着艾丽诗走了……秦河上了大学后，起初有好几个月，心里老惦记着艾丽诗。四年大学时光转瞬即逝，虽说秦河没能通过托福考试，但他毕竟留在了省城，分配进师范附小任教。那时候，他的哥哥秦山也学成归国，在省会一家大集团公司从事科研工作。

走上讲台的第一天，秦河就在讲台下四十多双眼睛里发现了一双明亮而又熟悉的大眼睛，心头不觉一怔：难道会是她？课间休息，他跑回办公室，找班主任老师认真查看了《学生花名册》。长着那双又大又黑眼睛的女学生，正是五年前在老家医院坚持给他唱歌的小天使——艾丽诗。现在，艾丽诗自然已经认不出秦河了。住院期间的他曾瘦成皮包骨，如今他身上哪里还能寻找到五年前那副病恹恹的影子呢。秦河没有向艾丽诗挑明，更没有对学校的同事们提及此事，只是默默地关注着她的学习和成长。艾丽诗每次上交的作业，他也要特别地多留心几眼。秦河不知道，艾丽诗是怎样来到省城这所师范院校附小上学的，于是决心对她作一次家访。

来到艾丽诗家里，不由得让他大吃一惊：艾丽诗家里就她和妈妈两个人。她的妈妈若凡显然已认不出秦河了，也更不会预料到，五年前那个颇爱听艾丽诗唱歌的病号现已当上她的老师。通过其他学生家长们的议论，秦河很快了解到，若凡至今未婚，艾丽诗也不是她所亲生，而是她的一个要好女同学生前留下的。要说，若凡还称得上是个清秀靓丽的女人，只因为她身边带了一个女孩子，致使她如今仍没谈妥男朋友。若凡是省城人，自从一所卫生专科学校毕业后，先在秦河老家那个县医院实习了一年时间，后就回到省城分配进一家综合医院做护士至今。

双休日，秦河时常跑到哥哥秦山的实验室玩玩。秦山是个独身主义者，因他一直在苦苦寻找大学时代的那个初恋情人，现在仍迟迟不肯结婚。同哥哥喝酒闲聊之余，秦河就把自己所遇到的那拨子事情和盘托出。当秦山听到"若凡"这个名字时，顿时绷紧了惊呆的脸，让秦河把事情的前前后后给他重复一遍……听罢，秦山霍地站起身，拉住秦河的手说："走，我们马上去见见那个名叫若凡的护士！"秦河不知所措，只得听从哥哥的，将他带到若凡所居住的那个住宿区。

几经周折，秦氏两兄弟才找到若凡小姐。看到秦山突然出现在她面前，若凡脸上掠过一丝短暂的惊愕，不过很快就恢复平静，继续忙碌着手头上的活计。秦山叫了一声："若凡！"可若凡却像从来就不认识秦山似的，对他不理不睬。秦山以为若凡没有弄清楚他是谁，清清嗓子，又叫了她一声"若凡"，说："我是秦山啊！"若凡这才抬起头，怒目而视，气冲冲地说："没良心的东西，阿珍都被你害死了，你现在还想怎样？"

秦山愣怔片刻，跨步上前，一把拉住若凡的手，声泪俱下地问道："阿珍，她、她现在究竟怎么啦？"

若凡一脸默然，神色镇定。想了想，她最后还是把阿珍的悲惨命运给说出。

若凡与阿珍是中学同学，后又一道考入省职工医学专科学院，同住一间寝室，是无话不谈的好朋友。秦山就是同阿珍曾经无数次山盟海誓的男友，他就读的那所大学与职工医学院仅一墙之隔。秦山大学毕业后考入西德一所著名理工大学攻读硕士学位，出国前夜，阿珍把自己的身体交给了秦山。也就在那个夜晚，阿珍竟然怀孕了。阿珍是个性格倔犟而又好强的女孩，不顾家人和朋友们的坚决反对，执意怀上孩子。大约半年过后，阿珍忽然接到秦山发过来的一封电子邮件，声称他已在西德结婚，请阿珍不要等待……阿珍整日沉浸在巨大的悲愤之中，寻死觅活。那年寒假，阿珍早产，分娩出一个白白胖胖的小女孩。然而更为不幸的是，不等孩子满月，阿珍便撒手尘寰。

临终前，阿珍紧紧攥住闺室密友若凡的双手，泪水涟涟地说：“无论如何，你也要帮我带大这个孩子……”

听完若凡的倾诉，秦山什么全都明白了……站在一旁的秦河却一时听得成了丈二和尚，有些摸头不知脑。原来那个曾经点燃他生命之光的小天使居然就是他哥哥秦山的亲生骨肉！

秦山慌忙按住若凡的双手说：“若凡小姐，事情是这样的，我刚到西德留学时，就有一个略懂汉语的西德姑娘追求我，任她千般温柔万般殷情，我终究没有答应她。后来，不知她怎么从我的电脑文件夹里得到阿珍的伊妹儿地址，便狠着心以我的名义写了一封绝交信……再后来，我打电话给阿珍她不接，她还改换了邮箱。直到今天，我也没有停止寻找阿珍的脚步……”

原来如此！

秦山把若凡的手抓得更紧了，若凡也没松开。秦山停了停，满脸深情地望着若凡，继续说道：“感谢上帝，若凡小姐，你就是上帝赐给我和我女儿的神圣天使！”

这年年底，若凡带着艾丽诗，同秦山一道走进婚姻殿堂。

小保姆

不久，点儿适应了城市生活。

点儿家住偏远山村，父母几代人都穷得叮当响。初中刚毕业，她就经在城里打工的老乡介绍，进城当上了小保姆。

东家男的是市直一骨干企业的法人代表，女的在金融部门工作。点儿每日的工作，是带他们两岁的宝贝儿子，帮女主人打扫卫生、拾掇房间。

起初点儿很不习惯主人家的生活。譬如，进门换鞋入室，入厕坐在便缸上，女主人教她化妆。外出吃饭陌生人为她敬酒……只有一件事，点儿还算感兴趣，那就是同他们一家人坐车出去逛商场。琳琅满目、五光十色的各类高档商品令她眼花缭乱，殊不知这世界上还有上千块钱一条的裤子。

女主人说："在城里，就不能像在你们老家！"点儿把头埋得低低的"嗯"了一声。

两个星期后，点儿竟爱上化妆，再穿上女主人给她买的新潮服装，也活脱脱一个城市模样女孩儿。

接传电话。操作全自动洗衣机。陪主人家的孩子看动画片影碟……点儿的日子过得充充实实。主人的宝贝儿子更是一刻也离不开点儿。左一声"姐姐"右一声"姐姐"，把点儿的心里叫得痒痒的、甜甜的。男主人出差的夜晚，点儿就同女主人躺在一张床铺上织毛衣，给女主人讲一些山村里的趣闻轶事，都乐滋滋的。

一天傍晚，家里来了一位客人，操一口外地口音，进门就同女主人寒暄。大概同男主人所经营的企业有业务往来，都是熟人。点儿一边猜想着，一边给客人沏茶递烟。点儿将主人的儿子摇睡后，就陪坐在客厅，听他们谈论这谈论那。客人一直坐到晚上十一点钟，男主人还是没回来。女主人打了丈夫的手机询问，他说正在市政府开一个电话会，可能很晚才能回家。于是，客人起身告辞。随后，女主人也打着哈欠进房。

点儿收拾茶杯、倒烟灰缸时，突然发现茶几上有一个大红包。“肯定是刚才的这位客人丢的!”点儿在心里说，不假思索地拿起大红包，连忙赶下楼去追刚才来的那位客人。点儿终于在住宅院大门口追到客人，气喘吁吁地说：“叔叔，你有一个包丢在我们主人家茶几上了。”点儿将大红包递给了客人，掉头便返回。

第二天一起床，点儿就将昨晚的事告诉主人两口子。夫妻俩面面相觑。女主人大惊失色，嘴巴张得圆圆的、大大的，差点叫出声。

打这以后，女主人一改以往和点儿有说有笑的脸色，动辄责怪点儿没将孩子带好，孩子又瘦了；还说地板擦得不干净，并将自已几瓶高级化妆品锁进衣柜。

是年底，男主人的公司来了两名外地检察院的干警，说与该公司有密切的业务往来的某某销售员有严重经济问题。现已被依法拘留。他们称是前来调查该公司法人代表的。两名检察干警来这家公司找了十几个职工座谈了半天，马不停蹄地又将公司法人代表家的小保姆点儿找去说了些什么才离开。这天，男主人刚好出差，回来后才听说这件事。男主人在报上看到，有七八位同那个销售员有瓜葛的企业法人代表栽倒在他手里。

点儿今年 14 岁，不知道两名穿制服的陌生人为什么问起上半年那个丢大红包的客人。点儿只知道，女主人已像原先那样友善，还给她办理了这个城市的常住户籍。

女老师的祝愿

九月的校园，绿草如茵，花团锦簇，同学们又迎来了崭新的一学期。来自各个不同地方的新生们更是激动不已，兴高采烈地谈论着自己的母校和家乡。但在新招收的生化（三）班里只有一个学生例外，他就是呼维。呼维整日沉默寡言，一脸郁闷，似有满腹心事。不久，技校的同学们都知道了呼维的父亲因犯强奸罪被锒铛入狱，原来他是个强奸犯的儿子。

班主任杨沁沁是个刚从生化系分配到技校任教的女大学生，剪着短发，文静娴雅，满脸闪烁甜橙般的光泽，颇逗学生们的喜欢。然而在调换座位时，安排与呼维同桌的那个学生就是不买账，死活不愿意与他坐一起。女生们更是惧怕呼维三分，唯恐坏人的儿子作乱，也都不乐意坐在他周围。无奈，年轻的杨沁沁老师只得让呼维一个人坐在教室最后一排。

呼维性子刚犟，见刚考入技校班上的同学们就开始讥讽嘲弄自己，还在暗里骂他“小流氓”，也就索性破罐破摔，上课时要么做小动作干扰别人的学习，要么看武侠小说，甚至经常偷偷跑到校外上网打电脑游戏，成为典型的令老师头疼、同学畏惧的“混世魔王”。反正，就读的这所技校是专门为南方一些大公司对口培养新技术工的中等专业学校，毕业后不愁找不到工作，即使成绩再差，也能够当上一名“三班倒”工人。一次，呼维在校园林荫道上的阅报栏前看报纸，忽然听到一旁有人小声说话，“赶快离开，那个小流氓来了”，呼维再也忍不住他人对自己的公然侮辱，跑过去就是狠命几拳脚，把两个小男生打得鼻青脸肿……第一学期期中考试结束，呼维在生化（三）班同学们的预料之中，总分考了个全年级倒数第一名。

呼维的学习成绩严重拖了生化（三）班的后腿，班主任杨沁沁的奖金理所当然全给泡汤。

这天，杨老师把呼维叫到她的办公室。呼维走进她的办公室，歪头杵脑，吊儿郎当，一副毫不在乎的模样，因为他早已做好接受班主任杨沁沁狠狠批评一顿的思想准备。站在杨老师的办公桌前，看着她一脸严肃而又不乏温柔的神色，呼维还是很自觉地低垂着头颅，等待她的怒呵和训斥。办公室沉默了一会儿之后，杨沁沁并没有厉声呵斥他也没有鄙视他，而是含着十二分羞赧地先朝他笑笑，然后语气委婉轻柔地指出了他在学习和生活中所存在的一些问题，希望他及时改正错误，努力学习，牢固树立起正确的人生观，将来争取做一名对人类对社会的有用之材……这个“混世魔王”刚走进办公室时压根儿就没有想到杨老师会这样脾气温和地教育自己。

就在呼维离开杨老师的办公桌正欲走出办公室时，突然又被杨老师叫住了。呼维刚刚松弛的神经一下子又绷得紧紧的，心里暗忖，这顿批评还是免不了啊，心中刚刚树立起对杨老师的良好印象又一下子坍塌，连忙打住脚跟，等候她的严厉批评。

杨沁沁走到他面前，叫了一声“呼维”，停了停又说，“请你闭上眼睛!”

呼维不知道这位年轻漂亮的女大学生老师葫芦里究竟装的啥药，也不知道她到底想用何种特殊方式来惩罚教育他，按杨老师的口令，紧紧地闭上双眼。就在他感到纳闷时，呼维倏地觉得香气扑鼻随之额头一热，新潮靓丽的杨沁沁老师竟在他脸上轻轻地亲吻了一口……以致后来很长一段时间，他仍能感觉到鼻息那种香味的存在和心头的燥热。

自此，呼维开始注意并尊重班主任杨老师了，对生化课也特别感兴趣。杨老师并没有因自己的成绩差而嫌弃自己，反而用一个甜甜的香香的吻来激励自己……杨沁沁上的每一堂生化课，呼维都会专心致志听讲，认认真真做笔记，有时候还举手发言。渐渐的，呼维也不顾极少数同学对自己家境的轻蔑与鄙视，勤奋刻苦努力学习，尤其是他的生化成绩进步明显。他心中只有一个念头，那就是牢记着杨老师的话，将来做一名对人类对社会的有用之材，报答她的一吻。

升至三年级，也就是技校生活的最后一年，杨沁沁考取研究生去了省城，生化（三）班换上一名戴眼镜的老教师。起初，呼维心里十分失落，挺不适应，脑子里时不时晃悠着杨沁沁老师美丽灿烂的笑脸和袅袅娜娜的身影，尤其是那一吻，更是倍觉仿佛就在昨日，额头似乎依旧能感觉出那温温柔柔的一热。不过，为了杨沁沁老师的那一吻，他很快调整好心情，全力扑在对功课的毕业复习上。

三年技校生活转迅结束，因是定向分配，呼维被分进了南方一家化工厂。参加工作了，可他一刻也不曾忘怀那个曾做过他两年班主任并且给他甜蜜一吻的杨沁沁老师，心里一直惦记着怎样才能做一个对人类对社会的有用之材来报答她的一吻。

杨沁沁研究生毕业后留在省城一家科研单位。有天下午，她在一份晚报上意外地看到这样一则化妆品广告："沁沁——我的老师"。杨沁沁觉得这则广告做得挺新鲜挺有趣的，电视上的化妆品广告都是清一色的诸如"XX——我的宝贝"、"XX——我的秘诀"之类，从未见到"XX——我的老师"的化妆品广告词。于是，杨沁沁开始留意"沁沁"系列化妆品了。后来，她终于在超市化妆品系列专柜购买到"沁沁"牌护肤露。回到家里，她在产品说明书上看到那家化妆品公司的总经理叫"呼维"。她心头不觉微微一怔，猛然想起十年前，在一所技工学校任教时班上曾有个名叫"呼维"的学生。她立即掏出手机，照产品说明书上的电话号码拨了过去。

一番询问打听之后，没出几分钟，她的手机里果真传来一个惊奇的声音："杨老师，我是您的学生呼维啊——"

杨沁沁的手开始颤抖，问道："你是十年前XX技校生化（三）班的那个呼维同学吗？"

"是呀是呀，杨老师，您让我寻找得好苦哟，现在您在哪里，我马上坐飞机来见您！"

当日下午，呼维就乘坐飞机赶到杨沁沁所在的那个城市，在他们事先约定的一家茶楼见了面。茶香袅袅，古铮悠悠，十年后师生的重逢分外激动人心。两份红茶，两份西点，唤回往昔的一片师生情。

杨沁沁夸奖呼维事业有成，说他是自己目前最有出息的一个学生。

呼维一边给杨沁沁续水，一边说："杨老师，我的成功完全归功于你十年前的那个吻……"

"那个吻？"杨沁沁心里不由一咯噔，半晌无言。

"自从您吻了我一下后，我就牢记着您的那句话，将来要做一个对人类对社会的有用之材，心中发誓一定要出人头地，报答您的那一吻。从技校毕业分配进南方一家化工厂后，我就立志要开发一种全新的环保护肤产品，一边自修大学的生物和化学课程，一边借助工厂的设备搞实验，三年时间，我终于取得成功，研制开发出一种全新的环保护肤品……”

杨沁沁忽然想起了什么，边喝红茶边吃西点，还不时地对呼维神秘一笑，继续听着呼维畅谈他的创业经历。呼维顿了顿，接着说：“我给这种环保护肤系列产品命名时，不假思索地使用了您美丽的名字——沁沁，也就是为了报答您的那一吻。那时候，全班同学都鄙视我，骂我是强奸犯的儿子是小流氓，女生们更是人人对我虎视眈眈，唯恐避之不及，只有您没有轻蔑我，反而用一吻来鼓励我激励我发愤努力学习……”话没说完，呼维早已泪水挂满两腮。

杨沁沁沉吟片刻，笑了笑说：“那时候，我决定给你一个吻，并非你是一个强奸犯的儿子，而是因为，在一次批改你的作业时，看到你作业本里夹着一张字条，上面写着几行字，大致意思是说，非常想得到某个女生的吻，那才是搞好学习的最好催化剂……”

“杨老师，那时候，我父亲入狱没多久，我又刚初中毕业考进那所技校，哪有什么花花肠子呢，那段文字，我是从一本武侠小说里摘录下来改写而成……”

茶香和着古铮演奏的经典曲调弥漫在大厅四周，约带几分怅惘，也浓缩了许多的心情。

第四辑

EPISODE 4

善良篇

爱才有骨气

孟爱才大学毕业后，一直在广告圈里混。跳来跳去，不知换了几家公司，都是因为他一心想着怎样捞票子。像一些小业务别人不屑一顾，他却忙得屁颠屁颠的，无论多少总要挣一笔，真是太过于“爱财”了，没能给同事留个好印象，就这样一次次被排挤。

还好，这年头广告公司比米铺多。孟爱才又去了另一家广告公司谋职。经理曾听说过他有那臭毛病，第一次训话时，就对他多说了几句维护团队形象之类的话。

城郊有家工厂，生产形势相当好，厂里富得流油。可那姓王的老板是个铁鸡公，难拔一毛。许多媒体记者想给他做报道、搞策划什么的，他都不予理睬，甚至不拿正眼看人，牛气得不得了，更不用说那些专业广告公司的业务员了。业内人士称，至今还没有哪个广告公司在他那厂子挣到钱呢。

孟爱才上班后，有同事在经理面前打小报告，让孟爱才去城郊找那个王老板洽谈。接受任务，他便在公司资料库查阅了介绍那家工厂的相关材料。该厂是本市知名企业，纳税大户，他心里不禁窃喜，这可是经理照顾的业务资源，暗自发誓一定要谈妥，还要争取更多的广告费，给公司交上第一份满意答卷。

这天，他夹个公文包，乐滋滋地打车直奔郊区那家厂子。在保卫科登记时，有个穿制服的保安问道：“你找王厂长?”孟爱才点点头。又听说是来找厂长联系宣传事宜的，保安不由得多看了他几眼。

孟爱才敲开厂长办公室大门时，王厂长正坐在大台桌后看报纸。他走进去，叫了声“王厂长”，忙递上一张名片：“贵厂若有什么需要宣传策划，我可以拿全市最低价位，一次性帮您搞定!”

“报社广告部的?”王厂长没抬头，依旧看报纸。

“是专业广告公司的。”

王厂长用鼻子哼了声，过了一会儿，又朝他摆摆手。孟爱才道了个谢，也没多看王厂长一眼，折转身，颇有几分潇洒地告辞了。

他悻悻地走进保卫科侧门，准备转过弯道离开厂区时，那个保安突然叫住他：“你刚才到我们厂长办公室碰过面?”

孟爱才停下，瞟了对方一眼，满脸疑惑：“是啊，怎么了?”

保安眉头一挑：“我们王厂长打内线说，让你再去一趟他办公室。”

“什么意思？难道怀疑我……”说着，孟爱才还抖了抖手上的公文包。

“王厂长要你去就去么，说不准又是什么好事呢?”

好事？听到这话，孟爱才心里更加窝火，刚才在王厂长那里碰了一鼻子灰，满肚子怒气还未消呢。莫非这时候经理打来电话和他通融了一下？他犹豫了几分钟，最后还是上了办公楼。

见到孟爱才，王厂长站起身，双手一摊：“哈哈，人家都说我老王犟，没想到，你这个人比我还要犟，不愿意多给人家说一句好话。来，坐坐坐，我就喜欢和你这么率直干脆的人交朋友!”

孟爱才愣住了，还不知这王老板葫芦里装的啥药，只好赔着笑脸，坐在大台桌旁的沙发里，等待他的“好事”。

王厂长先给他倒了一杯水，然后滔滔不绝地说：“几年来，我不知接待过多少广告人，他们无一例外地想方设法和我套近乎，巴结我，甚至贿赂我，我都没答应给他们业务。可你是第一个见我没表态就拍屁股开溜的人……唉，就凭你这独特的任性，我服了。目前，厂里正计划投资200万元宣传一个新产品，这业务，我老王交给你吧!”

“王厂长，您怎么这样信任我?”

“你们那个广告公司，我比较了解，放心放心。而且我还相信，大凡精通专业知识的人，都会有几根傲骨……”王厂长仰面一笑，抓住孟爱才的手，使劲摇了摇。

孟爱才在那个厂长面前傲了一回，居然做成一笔大业务。

实际上，孟爱才并不是一些同事所想象的那种人。他爱财不错，但也有傲骨，挺有性格的，也正是他的那身骨气，才比别人跑了更多的路，吃了更大的亏。然而，只要合作愉快，他从不嫌弃业务量大与小，赚得多与少。他在本市几家大型广告公司打拼一圈后，最终自己开了家公司，当上老板。

人造美女

柳莛是一个爱美的女孩子，人也生得还算漂亮，身材修长皮肤白皙，只可惜身体略显单薄了点，爹妈还给了她一个塌鼻子。她也曾为此而深深苦恼过。大学毕业后，柳莛先在一家工厂做了半年文秘工作，因嫌厂子办公设施差待遇又低而辞职了。

前不久，市里的晚报刊登一则招聘启事，高新公司诚聘一名女翻译，月薪2000元，奖金另计。高新公司是全市著名的大集团公司，又是招聘女翻译，对华师英语系毕业的柳莛来说诱惑颇大。正为找工作发愁的她欣然报了名，并且顺利通过了笔试，成绩还位居榜首。柳莛喜不胜喜，虽未进行面试，但她已对高新公司的这次招聘充满必胜信心。

高新公司通知柳莛下周五去公司人事部面试。柳莛的口才和英语口语表述能力都没说的，读大二时曾获得过全校英语演讲辩论赛冠军。可是，柳莛躲在卧室对着镜子左瞧右瞅，总觉得自己还是那两个老问题，一是胸部过于瘦，二是鼻梁过于塌，如果胸部饱满鼻梁高挺，她就是一个完整美女了。看着平平的胸脯和塌塌的鼻子，她沮丧得恨不得跳楼。想想，如今不是时兴人造美女吗？何不去美容医院隆胸修整鼻子呢。于是，她立即前往那家在本地电视新闻档做广告的美容医院，详细咨询了做这两项手术所需费用和时间。收费虽说高了点，可手术时间短见效快，正是她目前所需要的。倘若明日就去做隆胸和垫鼻手术，刚好赶在高新公司面试时间之前。

柳莛的父母十分赞同女儿的做法，当即表态愿意替女儿花这笔钱。看到传媒资料上“江苏第一人造美女”、“深圳第一人造美女”前后的对比照片，柳莛既惊讶又激动，几乎一夜未眠。第二天，柳莛的母亲便陪着她去了美容医院。几个小时过去，看见从美容手术室走出来的女儿胸部形态丰满了，鼻子坚挺了，母亲惊喜不已，心里连连感叹这笔钱花得值！

笔试那天，柳茳早早地起床，洗漱收拾完毕，对着镜子一瞧，以往的两个缺陷早荡然无存，变了个人样似的，现已成为一个活脱脱的完美主义美女。柳茳心花怒放，坐公交车一脸春风赶往高新公司。

面试开始了，入围的前五名选手抽签分别参加面试。柳茳抽的签是第三号，静静坐在隔壁休息室，等待工作人员叫她的名字。这次招考志在必得。

柳茳进入面试现场，拿着一叠登记表的高新公司总裁问："你是柳茳？"

柳茳曾同面前的总裁打过两次招呼，也多次从电视上见到他的光辉形象，并不陌生。见总裁用这样的语气问她，柳茳脸上掠过一丝难以掩饰的慌张，然后莞尔而笑回答："我是柳茳。"

总裁的脸色明显变了，看了看登记表上的照片，又上上下下打量了她一番，问："你真是柳茳？"

柳茳还是像刚才回答一样，微笑着说："我是柳茳。"

总裁让工作人员把应聘者参加笔试时的录像放出来，让大家看一遍。总裁的意思无非是想让其他几位考官评判面前的女孩到底是不是柳茳。看过柳茳参加笔试时的几个镜头之后，在座的各位面面相觑。

柳茳忽然明白了什么，忙向各位监考官解释道："前几天，我去美容医院做了一些手术……"

"高新公司不需要人造美女！"总裁说完，向主持人递了个眼色，宣布柳茳退场，并叫下一位参加面试。理所当然，笔试分数第一名的柳茳落聘了。

回到家里，母亲见女儿抽抽噎噎的样子，问她："茳茳，怎么啦？"

柳茳一把抱住母亲，啜泣着说："高新公司不要人造美女！"

望着女儿，母亲骇然得张大嘴巴，半天说不出话来。

再穷的家里也有宝贝

老家物品

秦师傅是个泥瓦匠，这些年来，一直在城里建筑工地做工。又一个住宅小区建成后，工头念及他年纪大了，人也老实，便和物业公司融通了一下，让他负责小区环境卫生，还给了他一间车库居住。尽管只能混张嘴，可秦师傅还是十分乐意地接受了。不久，听说附近的民工学校不收借读费，他便把女儿小霜接过来读书，父女俩总算在城里安顿下来。

能够进城上学，小霜高兴得不得了，抱着秦师傅，“爸爸，要是妈妈能活到现在，她一定会非常高兴啊！”听到这话，秦师傅鼻子酸酸的，眼睛也潮湿了。

车库位于住宅小区最里头，进出小区的居民，没有谁知道，秦师傅那把年纪了，还有个刚上初中的女儿。小霜每天穿着新衣裳上学，穿行在高楼大厦之间，蹦蹦跳跳的，快乐得像只小燕子。

开学不久，为迎接上级领导和捐资建校的台商前来参观考察，学校决定组织一次特色展览，以便给客人留下深刻印象，争取更多支持。学校号召学生每人凑一件从老家带进城的物品，诸如玩的、用的、穿的、戴的都可以，但必须是老家常有的，而其他地方不常见。

放学回家，小霜给爸爸讲起了这件事。秦师傅在车库里里外外找了一遍，除了铺盖行礼、几条帆布袋，实在找不出还有什么物品是从老家带进城的。见他没吭声，小霜顿了顿，说：“爸爸，学校也不是真要我们的东西，只是办个展览会，迎接客人而已，到时候，我还要带回家的！”

看着懂事的孩子，秦师傅摸了把她的头：“小霜，明天再说啊。”

小霜刚转到城里上学，秦师傅担心女儿不交“老家物品”会在学校矮人一等。第二天，他就递给女儿一样很不起眼的东西，“小霜，你把这个交给学校吧。”

见爸爸准备的东西，是用一小块帆布打的包，还缝上了针线，严严实实，捏上去又软绵绵的，小霜有些不解地问道：“爸爸，这是您从老家带来的什么东西啊，好像……”秦师傅嘴巴嗫嚅了几下，沉吟片刻，“你先别管它是什么，交到学校，就行了!”小霜也就没敢拆开看其究竟，按要求登记后，直接交给了班主任。

学校发出号召后，同学们都积极响应，纷纷把父母从老家带进城的物品，挑选一样交给老师。校方集中后，摆在一间空教室里。因学生来自全国各地，带的东西自然也是五花八门。毡帽、绣花鞋、棒槌、碾钵、篾篓、斗笠……各种木器、竹器、手工艺品应有尽有，俨然一个民俗博物馆。每件物品上，都挂着一块小牌子，上面写着学生姓名及老家详细地址。最后，校长还兴味盎然地给展厅起了个名字，叫“民工子弟乡情馆”。

神奇米包

没几天，上级领导陪同一位台商来到学校参观访问。首当其冲的去处，当然是学校精心准备的展览厅。

台商是位年近花甲的老人，腰板挺直，精神矍铄，对学校展出的物件很感兴趣。时而端详凝视，时而用手抚摸。校长在一旁作简要介绍，说那些东西，都是学生和学生家长从老家带进城的，若是平常记挂家乡了，就看一看那些物品，以解思乡之情。

看着看着，老人忽然在一个小小的帆布包裹前打住脚，弓身拿在手上，左瞧右瞧，目光不时地在那块标牌上来回移动，眼窝子一下子就热乎了。其实，那个帆布包裹并不起眼，更没有什么特别之处，当初因考虑到展品的数量与类型，才没有被退回去，但学校有意把它放在靠墙角的位子，不料，台商竟对它情有独钟。校长见状，甚感奇怪，难道那个普普通通的帆布包裹还有……校长百思不得其解。

校长沉吟片刻，心头一喜，走上前，大手划过整个展厅，颇有几分讨好地问道：“先生，如果您喜欢哪样，只管说出自己的想法好了，我们完全可以和那位同学商量的，送给您做个纪念！”

老人却摇摇头，把帆布包裹放了回去。接着，他从衣袋里取出一样东西，“你看，我就随身携带着这个东西！”

看他手里捏着一个粗大布做的小包包，校长顿时懵住了，不知台商是什么意思。校长挺担心会在某个环节上出现什么闪失，得罪台商，仔细想了想，又毕恭毕敬地问：“先生，您、您这是……”

老人转过身子，清了清嗓音，慢条斯理，“十五六岁时，我正在县城读书。那年，家乡遭遇暴雨泥石流，父亲遇难，母亲也受了重伤。因缺医少药，母亲在弥留之际，交给了我一个用粗大布做成的米包，要我以后在闯荡生活的路途随身带上。辍学后，我流落到一条船上，做了搬运工。再后来，就流浪到了台湾。唉，这些年过去了，母亲做的这个粗布米包，我一直带在身上……”说完，老人像个孩子似的哭了，双眼淌满浑浊眼水。

在场的上级领导和校长更加糊涂了，不知面前的台商为何随身携带那个粗布米包，也不知他心里藏着什么秘密。

小区探访

一天傍晚，秦师傅正在小区大门口收拾绿化带卫生，有个戴眼镜的年轻人走到他跟前：“大叔，请问这个小区的秦师傅住哪栋楼第几门？”秦师傅愣怔片刻，“哦”了一声，问道：“你找哪个秦师傅？”

“大叔，是这样的，我姓刘，是秦小霜的班主任老师，想去她家里做一次家访，可不知道她具体住哪里。”他说明来意，希望得到对方引路。

听说是闺女的老师前来家访，秦师傅连忙丢下手中活计，双手掸了掸衣服，略显尴尬，“小霜，她、她正在家里写作业呢，刘老师，请到屋里喝杯茶——”

“哦，这么说，大叔，你就是秦小霜的家长了？”他满脸疑惑，上下打量一番面前这位身着物业公司工作装的汉子，裤子也是皱巴巴的。想到每天都穿戴光鲜、收拾得干干净净的秦小霜，他有一种说不出的感受。

秦师傅点点头，一连说了两声“不好意思”。

走进小霜家，班主任刘老师心里猛然凉到脚跟。他知道，小霜所居住的小区是富人区，没想到，她住的却是一间沿围墙搭盖的车库！屋子里就更加简陋了，小小的车库被隔成内外两间，里里外外都塞着旧报刊、纸盒之类的废品。顶棚上吊一盏白炽灯，把整个空间照得通亮。小霜正在里面埋头写作业。

刘老师从衣兜里拿出一张纸条，“大叔，你老家就住在这个地方?”

秦师傅看了眼纸条上的两行字，立即明白是小霜在学校填写的老家地址，点头称是，还叹息道：“只是我们那老家太穷了，是个拉屎不生蛆的地方，村子里，差不多有一多半人都外出谋生了……”

“秦小霜同学交给学校参加展出的那个帆布包裹，你老家是不是很流行，它有没有什么特殊含义?”刘老师推了推眼镜，盯着秦师傅破了洞的一双鞋子，有些不忍心问起那个帆布包裹的事情。

不是刘老师这时候提到那帆布包裹，秦师傅早就忘了那件事。他憨厚一笑，告诉刘老师，自己以前在建筑工地做事，居无定处，就没有从老家带什么东西进城，只是现在安定了，才想着把小霜接到城里上学。因没有粗大布，便剪一块帆布打了个小小的米包，让小霜交到学校……

“粗大布？米包？大叔，在你的老家，那些到底代表什么意思?”

秦师傅说，很早以前，在他们老家就有这样一个习俗，那就是，村里人出门前，都要携带一个布包，即用一块粗大布包一把米，示意无论走到哪里，无论何时何地，都会有饭吃有衣穿……

刘老师恍然大悟。

原来，那天台商访问刚结束，校长就及时召集全体老师，对那个帆布包裹进行了一番理论。大家纷纷猜测着台商为何对它感兴趣，随后又派小霜的班主任进行家访，想弄明白米包到底代表什么意思，以便让学校争取主动，满足台商需求。可遗憾的是，那米包的含义仅仅只是一种寄托与祝福……

浓浓乡情

这件事很快就过去了，谁也没有放在心坎上。

忽然有天，一辆豪华小轿车在秦师傅居住的那间车库前停下。从车里钻出来一个老头，箭步走到门前，说呐咯要见秦老弟。听到家乡的土话，秦师傅匆忙迎接出来，见是一张陌生面孔，心里暗忖，是谁叫自己老弟呢？

“我是来认你呐咯老乡的！”秦师傅正迟疑时，对方已走过来一把握住他的手。秦师傅瞪大眼睛，一头雾水，“你、你呐咯是……”看到小霜的班主任刘老师也一道来了，他才倏地展开笑容。

“前不久，看到你闺女带到学校的那个米包，我呐咯就想来认你这个老乡，可台湾那边来电话，我便急匆匆地赶了回去。这次，我是专程从台湾过来看你呐咯老乡的……”老头一边颇有几分激动的说话，一边拍着秦师傅的肩膀。

听刘老师介绍说，客人是一位热心教育事业的台湾商人。秦师傅的敬佩之情油然而生，也为有如此优秀的老乡感到骄傲无比。

几经叙谈，得知秦师傅是个单身，至今未娶，小霜是他十三年前在城里打工时捡到的一个弃婴时，台商的眼睛猛地一亮，竟恭恭敬敬地一连向他鞠了三个躬。

“老乡，你呐咯是?”秦师傅被他的三鞠躬弄得慌了神，一时手足无措。

“我代表天下的孤儿和弃婴，感谢你这个菩萨心肠的老乡！”台商老泪纵横，“45 年前啊，我呐咯走出山里流浪时，就是一个孤儿……”

秦师傅急着拉起老人，把他们请进屋里坐下。台商在屋子里环视一圈，低着头，轻嘘一口气。秦师傅尴尬极了，难为情地说：“我呐咯家里穷得喊，没件像样的东西。”

“呐咯老乡，你走出山里来到城市时，不是带着那个米包吗？再说呐咯，你还把小霜抚育大，现在又接到城里读书，那不是你呐咯交给社会的一笔巨大财富吗！”

两个人用家乡话交谈着，屋子里充满浓浓的乡情。这时候，小霜背着书包回来了。见屋子里有客人，还有班主任刘老师，她冲着大家莞尔一笑，径直走进了里间。秦师傅的泪水却一涌而出，抹了把眼睛，“我没能给闺女创造一个好环境，惭愧啊……”

“别自责了，老乡。”台商霍地站起身，声音铿锵有力，“再穷的家里也有宝贝，这宝贝，就是撑起我们一生的精神支柱！”

“不二眼”传奇

一眼绝技

城南有一家名叫“不二眼”的服装店。店名起得怪，生意却不耐。店主姓罗，是个年逾五旬的跛子。他的生意比别人兴隆，缘于一“眼”绝技。那就是，无论男女老少，在他店里买服装，都不用试穿。你喜欢什么样式什么颜色，只需要他把你的身材看一眼，保准能帮你挑出最合身的一款。生意好才是硬道理，人家喊他罗跛子，也不气不恼。

罗跛子真是神了？有人偏不信，就躲在“不二眼”店旁，探其虚实。

这天，店里来了个贵少妇模样的女人，在一排排货架前，左挑右拣，最后选了件浅蓝色牛仔马裤。她瞅了一圈，喊着问：“老板，试衣间在哪里？”

罗跛子不紧不慢，“我这店子，没有试衣间。”

“没有试衣间，怎么试衣啊？再说，不试穿一次，又怎么晓得合不合身？”贵少妇生气了，一张圆宝嘴噘得老高。

罗跛子看了下她手中的马裤型号，告诉她，“不用试，腰围小两寸。”说着，走到货架前，另取了一件递上，“这件，保准你穿上蛮合身，不大不小。”

看着罗跛子，贵少妇愣怔住了，“你有把握？”

“按照本店规矩，如果不合身，明天就来退货，我付你双倍钱，这还不行吗？”罗跛子收了款，招待别的顾客去了。

站在一旁窥视的，是“不二眼”对面一家时装店的老板阿丽。小时候，阿丽听奶奶讲过，在她老家一带，有个上门做衣裳的老裁缝，量体从不用尺，而是用眼睛，做出的衣裳穿在身上服服帖帖。她已在城里开了五六年时装店，还从没听说过，卖服装也有人用一双眼睛度量大小……每天看见进进出出

“不二眼”服装店的人不少，阿丽坐不住了，就想讨教一番罗跛子的眼力到底有多准。

这时候，阿丽冷笑一声，“嘿，还有这样卖服装的！大姐，街对面的店里有试衣间，你何不去试一试。如果不合身，可以趁早找他退货啊，还能得到双倍的钱……”

贵少妇想想也在理，何乐而不为？跟随阿丽到她店里试穿，果真不小不大，刚刚合身。阿丽看了，也从心里佩服得五体投地，罗跛子就是厉害！

贵少妇乐滋滋地走了，而阿丽不乐了。望着街对面“不二眼”服装店那块牌匾，蹙眉片刻，脸上露出了一丝不易觉察的笑。

谁输谁赢

“不二眼”服装店，每天上午 9 点营业，下午 6 点准时打烊。这规则，自开店以来，罗跛子从没破过。

有天上午刚开门，店子里就迎来一位打扮时髦的年轻女子。

年轻女子眼珠子溜溜转，四周打量一圈，很快选出一件咖啡色上装：“喂，老板，听说在这里买服装不用试穿，回家如果不合身，退货时还可以得到双倍退款，是不是真的？”

“没错。”罗跛子指着贴在墙上的一纸《店规》，神情怡然。跛着一条腿，扭着半月形屁股，走到她跟前，“不过，这型号、这尺码，还得由我定夺。”

“你看看，这上装，我穿合不合身啊？”年轻女子提起手中的上装，抖了抖，“200 元价格，我完全可以接受，那就请帮我选择大小型号。老板，你可要看准哦，不然，吃亏的倒是你自己！”说完，颇有几分夸张地扭了扭腰肢，垂头诡谲一笑。

罗跛子上下看了一眼面前的时髦女子，略作思忖，顿了顿，摆摆手，说：“我这店子，没有你穿的上装！”

“什么意思，是不是因为看不准我的身材，害怕退双倍的钱？”时髦女子一下子来了兴趣，滔滔不绝，似乎胜券在握，狠狠瞪了罗跛子一眼，“没把握的事情，何必打个‘不二眼’招牌，忽悠人啊！”

“你根本不想买服装，是来讹人的。”

“血口喷人……”年轻女子红颜大怒，杏眼圆睁，柳眉倒竖。

“恕我直言，来我店子买上装前，你已在肩头、腰间都贴了增厚物品，肩高增加 1 寸，腰围增加 2 寸。想逃过我的眼睛，在这城南，我还没见到一人呢!”罗跛子跨步上前，一把夺过年轻女子手中的上装，挂进了货架。

年轻女子的脸立即红得像猴屁股，自讨没趣，灰溜溜地走开……

不用说，时髦女子就是阿丽雇请，专门来“不二眼”服装店扯皮捣蛋的。年轻女子是阿丽的表妹，长期在外打工，前几天回家，阿丽就给她贴上厚橡皮膜装胖，去讹罗跛子，想趁机戏弄他一次，整垮他的生意。

阿丽自然又站在店门外，罗跛子说的话，更是听得清清楚楚。她鼻子都气歪了，心一横：本小姐偏不信邪，走着瞧，你“不二眼”到底有几刷子!

还是赢家

没几天，“不二眼”服装店可热闹了。

昨天，有个小伙来店里花 120 元买了条长裤。依店规，小伙选好牌子后，由罗跛子帮他定尺寸。可回家后一试穿，裤腰小了 1 寸多，根本扣不上。今天便找到店里吵闹，要退裤子，还嚷着罗跛子兑现承诺，退他 240 元钱。

因店子生意特别好，有好几个顾客正在挑选喜爱的服装。他一时间抽不开身，就没理会那小伙。等了会，罗跛子看了小伙一眼，心里猛一咯噔，眼前也忽地一亮，便有意作了回避，让他把事情闹大。门前围观的人越来越多，很快，把个店门都给堵死了。

见罗跛子不理不睬，小伙脖子一梗，恼羞成怒，指了指挂在墙上的“店规”，拿出手机，对罗跛子吼道：“老板，若你不双倍退款，我可就要报警了!”凑热闹的人，不少是附近开店的，当然看戏不怕台高，就希望那小伙在“不二眼”店子闹得个天翻地覆，杀杀罗跛子的威风。于是，有人帮腔附和：“报警、报警，让警察同志来处理……”

罗跛子还是没理会他，依然忙着手头上的活。不一会儿，110 民警赶到“不二眼”服装店。民警初步了解情况后，责令罗跛子按自己定下的店规，退还顾客 240 元钱。

听了民警的调解，罗跛子这才停下来，摇了摇头，胸有成竹地说：“民警同志，请你先查查他的户口簿，家里一定还有个与他长相十分相像的哥哥或者弟弟，昨日来店里买裤子的不是他，而是另一个小伙，那小伙比他的腰围大1寸半，不信，你好好问问他！”

民警觉得这件事有些蹊跷，要带走小伙一起去进行调查，小伙顿时蔫了，提着装有那条裤子的塑料袋，匆匆朝店门口的人群挤了过去……

小伙正是阿丽的男朋友。他有一个双胞胎弟弟，和他的外貌特征几乎看不出什么区别，只是弟弟的腰板粗壮些。

连施两计都没能逃过罗跛子的眼睛，阿丽气得直剁脚，又不好埋怨男友，只得甘拜下风，她在心里暗自感慨：罗跛子就是不寻常，“不二眼”名副其实。

不服不行

周五夜晚，阿丽把店子交给替她打工的嫂子，自己则去了肯德基潇洒。刚踱进豪华大餐厅，她就怔住了：罗跛子正和两个十来岁的小学生坐在一张台位上。两个孩子吃得津津有味，香喷喷的，他则手捧一只玻璃杯看着，时不时抿嘴一笑。

阿丽鼻子一哼，冤家路窄，不想碰头，偏偏又碰头了。阿丽点了份套餐，就坐在他们旁边的台位上。“哎，罗老板，我是你店子街对面‘阿丽时装店’的阿丽，今天，怎么有雅兴吃肯德基啊？”

“哪里哪里，带孩子们吃呢。”罗跛子看了阿丽一眼，喝了口水，没看她第二眼。

阿丽问道：“有件事儿，想当面请教，不知罗老板愿不愿意给个面子？”

罗跛子笑了笑，说自己这人一辈子性格豪爽，有事就请直说。

“看身材选服装，我相信罗老板的眼力。可有两件事，我始终不明白。”阿丽边吃汉堡，边优哉游哉地问道，“你是怎样一眼看出，那个要买咖啡色上装女孩的肩头、腰间是垫起来的？”

看她那脖颈、那胳膊、那臀围，就发现她的肩高和腰围有问题，再看其脸色，慌乱，诚恐，说话也满嘴油腔滑调，就知道她是来讹人的。正所谓察言观色、度德量力……罗跛子一脸默然，娓娓道来。

“这个，我服了！”阿丽露出惊讶的神色，心中泛起酸味，“还有一件事，那个要退裤子的小伙，你一眼就看出他还有个双胞胎兄弟，又是怎么一回事？”

“先后两个小伙的腰围、腰身大小不同。前来敲诈的那个小伙，走路还是个罗圈腿，我有意不理会他，就是想激怒他，看他怎样猪八戒上城墙，也好多招徕几个围观者，给店子做个活广告。”罗跛子自始至终没有再看阿丽一眼，喝了口水清嗓子，“现在，我还看出了，那个扯淡的小伙，是由你指派去的！”

“何以见得？”阿丽脸上火辣辣的，比被人掴了两耳光还要难受百倍。

“你不熟悉，怎么晓得那小伙是双胞胎，我可没有那本事哟！做生意，千万不可满肚子坏水！”罗跛子带着两个孩子走出餐厅，招了辆出租车，消失在街头……

疑惑解开

看罗跛子底气十足，身边还带有两个小孩，阿丽百思不解，决定来个一不做二不休，秘密跟踪，去他家看其究竟。

阿丽几经乔装打扮，早早地等候着。下午6点，“不二眼”服装店打烊。罗跛子上了一辆开往郊村的公交车。阿丽也随后登了上车，趁人多，挤到车尾，紧跟其后。下了车，在一条巷子里东拐西弯，罗跛子最后进了一个大院子。院子里住着很多人家，一看就明白那是老厂房改建的宿舍。只见两个小学生跑上前来，叫了声“罗爷爷”，就把他拥进一间平房，窗口顿时燃起明亮的灯光……

因不便直接跟着闯进去，阿丽向院子里的一位老大爷打听那个在南街卖服装的罗跛子。事有凑巧，老大爷是罗跛子的一个老乡，非常了解他的情况。他的一席介绍，让阿丽油然而生，肃然起敬。

罗跛子天生就是个残疾，并且是个弃婴，被乡下一位老大妈收养。15岁跟师傅学裁缝，20岁开始自个儿走村串户做衣裳。由于手艺精湛，善于帮人节工省料，口碑极好，活儿忙不完。然而，近十几年来，裁缝在农村已风光不再，罗跛子便在小集镇上摆弄服装摊，接着，租门面开店。后来，又搬到了城里。他身患残疾，没有优势与同行竞争。脑袋瓜子一转，他自有绝招，凭借自己做了二十几年的裁缝手艺，曾为成千上万的人量体裁衣过，积累的丰富经验，开了家“不二眼”服装店。因不用试穿，为顾客节省了大量时间，生意自然越做越好。再者，还有那个店规，也吸引着不少客人前去观光购买。

罗跛子一生未娶，年轻时收养过一个女婴，把她抚大后，供她上学读书，现在已大学毕业参加工作了。5 年前，他又在孤儿院领养了两个男孩。他想，现在服装店的生意尚好，加之自己的积蓄，完全可以供给两个孩子读完小学、中学和大学。

阿丽为自己的行为感到愧疚不堪，想起自己也曾经是个孤儿，是街坊把她抚育成人，此时，她恨不得找个地缝钻进去。

“我也正要采访‘不二眼’服装店的罗老板呢!”不知什么时候，阿丽身旁多了一位戴眼镜的年轻人，拉着老大爷的手，说自己是市晚报记者，多次找到店里，他就是不愿意接受采访，也便一路秘密跟了过来。

阿丽提议，一起去他家看看，如何?可老大爷连忙直摆手，说，罗跛子白天忙生意，只有晚上才能和两个孩子待在家里，从没有谁去吵扰他们。

窗子上，灯光映射着三个人的影子。像一道唯美的风景，宁静而温暖……

擦鞋嫂董媛

时下，擦鞋业在小城街头悄然兴起，成为城镇下岗职工自谋职业的一块绿茵地。当你漫步在街头的一些休闲场所，就会发现，摆擦皮鞋摊儿的是清一色下岗中年妇女。小城人称她们为擦鞋嫂。曾在县内衣厂当过车间主任的董媛做梦也没想到，当了20年响当当的工人阶级，如今竟加入街头擦鞋嫂行列，心里总有些失落感。

董媛擦皮鞋多少有些无奈。孩子读高中，正是急需花钱的时候；加之丈夫的父母早从乡下搬进城里同他们一起居住多年。丈夫在一家事业单位上班，待遇虽说暂时还算可以，但家大口阔，好汉难养家五口。

由于家境窘迫，董媛走上街头开始了给人擦皮鞋的行当。当初，她本想去沿海打工，坚信凭自已娴熟的业务技术定能站稳脚跟，挣更多的钱，可现在这个家实在离不开她，父母和孩子都迫切需要她照顾。总不能闲着，干点什么活好？董媛着实苦恼地琢磨过一阵子。做小生意吧，市容市貌整顿闹得正凶，根本找不到摊位。正好此时，她从收音机里意外地听到：人家局长的老婆下岗后也上街擦皮鞋呢。她咬了咬牙，暗下决心去街头巷尾擦皮鞋。丈夫还特意为她钉了一个简易的工具箱、一条凳、一把椅、刷子、鞋油、布条什么的，就这样简单。先试着给丈夫擦过几双皮鞋，董媛便带着一份羞涩与希望走上街头。

擦皮鞋看似简单，其实，清灰、洗边缝、打油、上光等程序还挺有一番讲究。董媛起初干得并不怎么顺手，她的同伴绝大多数与她上下年龄，一样的经历，彼此照应，谈得拢……几天下来，人都混熟了。董媛常观察人家怎样擦皮鞋，从中学到不少技巧，手艺渐渐熟练起来，每天的收入由刚开始的十几元增至二三十元。干这事，花的时间也不太多，平常只是中午以后四五个小时，双休日才全天候等客。尽管如此，董媛心里仍留恋着干了20年的车间和岗位，脑海里不时呈现出她在全地区技术比武中夺冠的光彩情景。那时，她是县内衣厂一名车间主任，一年有几次跟厂长们一道出差到省城，每次下车后都要去车站附近找擦鞋摊让足下生辉。那些年，小城街头还没有擦皮鞋的。出差归来，她总会乐滋滋的将这些新鲜事告诉丈夫和与自己在同一个车间上班的姐妹们……每当想到这些，董媛的一双大眼睛就会蓄满热泪，内心感叹着人生变化难测，但只要有坚强的生活信念，有一双勤劳的手，就不愁找不到饭碗。

一个天气晴朗的下午，一双脚突然伸在董媛面前。抬眼看去，是位戴墨镜的年轻女士，双手抱在胸前，仰头坐在凳子上，一副盛气凌人的样子。像以往一样，董媛每一道工序都十分认真而快捷地为客人擦拭着。不一会儿，一双锃亮的皮鞋便迅即呈现在眼前。董媛刚丢下上光用的一块呢布，年轻女士就递过来一张50元的票子。董媛掏出一把零钞准备找钱给她时，对方却说："不必找。"

董媛望着年轻女士说："只收两元！"这时，年轻女士摘下了墨镜，喊了声"董主任"。董媛仔细一瞧，不觉一怔，坐在面前的原来是梅露，那个曾被她优化组合掉岗的女工。董媛面热心跳地说："梅露，还恨我吧？"

梅露含笑答道："董主任，为什么要恨你呢！要不是你当初将我组合掉，我哪有今天呢？"

董媛有些懵了，退回梅露给的票子，说："我还是什么主任，下岗好几个月了，不管你恨不恨我，钱肯定不多收。"

那年梅露技校毕业，分配在县内衣厂，正好安排在董媛所领导的成衣车间。因梅露不满意分配的工种，加之上班撒野，造成多起质量事故。后来，厂里改革，各车间优化组合，董媛请示厂办，将梅露调了岗。为此，梅露骂过董媛，并扬言将来要报复她。

梅露接过钞票，问："内衣厂还有多少姐妹上班？""车间都快长草了，哪还有人上班？"董媛说这话时，一脸沮丧，心里酸溜溜的。"董主任，你现在过得怎样？还做擦皮鞋的活儿，你那高超的剪裁与缝纫技术不就白白荒废了吗？"

“糊张嘴，再说，我哪有什么高超技术，以前的事，是我做过分了，你就别放在心上。”“董主任，我感谢你还来不及呢，要不是那次从厂里出来，等到如今下岗就迟了。我现在拥有自己的公司，和福建一家服装厂联营六七个年头了。”董媛看着梅露，两眼闪出一种异样的光芒。

“董主任，我公司正缺一个技术素质高的负责日常管理，经理助理位子一直空着，如果愿意，你就去我公司上班。”梅露说完，双手递给董媛一张名片后离开。

两天之后，董媛背着工具箱找到位于城郊的“梅露服装公司”，见梅露坐在办公室里正同一个操外地口音的男人谈什么。

等那男人出来，董媛走过去，说：“梅经理，我来报到的。”

梅露把她迎进办公室，问她还带工具箱干啥。“我怕应聘不上，就转身沿街擦皮鞋去。”董媛说完，她们两人都发出爽朗的笑声。

内衣天使

市电视台和超级服饰广场联合举办的“超级杯”内衣天使选拔大赛正在举行。荣获内衣天使总冠军者，即可得到服饰广场年薪 28 万元内衣形象展示奖。在这座美眉如云的城市，像这样的活动应该说魅力无限。经过十几轮角逐，目前已有两名选手很幸运地成为擂主。然而，作为此次活动独家协办单位的服饰广场董事长汤璐女士对二位擂主并不满意，说她们并非企业所希望胜出的那种“内衣天使”。在一些场合，汤女士甚至旁敲侧击地向市电视台负责人提出了质疑。

举办这类活动的宗旨，业内人士谁都心知肚明，联合单位实现双赢。大赛能不能收到如期效果举行成功与否，对协办单位来讲并没多少经济损失，而电视台的损失可就大了，按协议一分钱捞不着不说，还有损新闻单位形象。市电视台负责此次“超级杯”内衣天使大赛工作的副台长王乃栋更是伤透脑筋，按预定时间，活动已近尾声，而大家心中渴望的“内衣天使”却迟迟没有出现。王乃栋愁得不行，就连在家里吃饭时也闷闷不乐心神不定，心里直呼唤：内衣天使啊，你究竟在哪里——

“别较真，即使大赛取得巨大成功，那台长位置也未必就是归你。”看王乃栋整日里一副沮丧神情，在精神病康复院当医生的妻子小美十分心疼丈夫，宽慰他，“乃栋啊，你可千万不要愁成神经病啦!”

你还别说，市电视台台长去年底“双规”后，台长位置一直空缺着，几个副台长都盯着那把交椅。策划此次活动时，市广电局领导指定让王乃栋负总责，按同事们的猜测，活动结束后，他将转正当上一台之长。殊不知，“超级杯”内衣天使大赛眼下的结果居然是这样子……他能不急得团团转吗?

这天下午小美没班，又恰逢王乃栋休息，便拽着他的手，“老公，下午陪我逛商店，也好让你好好放松放松！”走至半路上，小美的手机响了，是医院打来的电话，称因临时调整班次，让她马上赶过去接班。结婚好几年，王乃栋一直忙于事业，还不曾去过小美上班的地方呢。

来到住院部，正好碰上患者们下午出操。王乃栋正为这事儿感到新奇时，站在最后排的一名高挑女子立即拉直他的视线。她穿着医院定做的紧身运动衫，身体凹凸有致轮廓分明，踏着口令做的动作更是摇曳生姿……眼前的场景一时间令王乃栋惊呆了，没想到，这名练操的精神病患者居然宛若T型舞台上的模特！正乃不看不相信，看了揪人心啊！她不正是超级杯大赛所要寻找的“内衣天使”吗？王乃栋轻叹一声：只可惜呀……思忖半晌，他蹙着的眉头忽然舒展开，一拍大腿，主意有了！

王乃栋赶紧去了小美的办公室，把自己的想法悄悄告诉她。小美听了心头不觉一怔，顿了顿，抿嘴一笑，对丈夫说：“练操的这些人都不同程度患有精神方面的疾病，经过治疗，他们正在恢复健康。”小美告诉王乃栋，那个高挑女孩名叫吴玉香，是学美术专业的，去年大学毕业后回家，父母离异，母亲跳楼自杀。吴玉香接受不了如此沉重打击，陡然间变得癔癔症症神情恍惚，就被亲戚送到了这里。目前，她差不多已恢复健康，不过随时都有复发的可能……王乃栋沉吟稍许，拍了拍小美的后腰，面露微笑，“老婆，你是她的主治医生，配合就全靠你啦！”小美把这件事向吴玉香讲过，没想到，她很乐意地接受了，并且还说要争取为医院争光。

王乃栋马不停蹄，连忙托朋友从省城请来模特教练，在小美的协助下开始对吴玉香进行强化训练。吴玉香也觉得这事新鲜，挺乐意跟教练学习。看到吴玉香关在一间大办公室里跟一个小辫男子学着走猫步做姿势，医院的人见了还以为是小美请来的心理专家正在对她用动作进行特殊治疗呢……

吴玉香悟性颇好，几天训练下来，真还有点儿专业模特的韵味。从出场到来回走猫步，不时摆弄出各种优雅造型，完成规定动作……整个过程都令小辫男子满意。连续几日陪着训练的小美心中偷着乐，这个内衣天使打造得成功与否，对丈夫的前程至关重要。

正式参赛前，王乃栋夫妇和小辫男子把吴玉香带到市电视台直播室T型台进行了一番模拟演示。吴玉香也有一种轻飘飘的感觉，看她那神态，似乎胸有成竹，稳操胜券。

周末晚参赛时，王乃栋特地把小美安排坐在舞台一侧，以便更好地配合吴玉香完成各项动作。轮到吴玉香出场，灯光师根据吴玉香的步子节奏不断变换着灯光。她满脸甜笑，在T型台上用自己优美的身体曲线和优雅的姿势向大家一次一次地展示着各种内衣。天生有一副魔鬼身材的吴玉香，把几款内衣展现得性感诱人，绚丽无比。她的表演，超级服饰广场的董事长汤璐女士表现出浓厚的兴趣，一边看，一边拍手叫好：这才是真正的内衣天使！内衣天使赛出了！坐在汤女士旁的王乃栋听到这话，总算畅快地舒缓了一口气。

紧接着，吴玉香又将泳装、浴袍、“三点式”等一一向大家展示……表演结束，赢得台下观众和评委们的长久掌声，最后以9．90分的成绩战胜前两名擂主。小美着实为她捏了一把冷汗，生怕她会弄出什么乱子，直到这时候，她也才松口气。

因协办方超级服饰广场对两名擂主不甚满意，这场擂台赛已是延期的第三场了。看到吴玉香取得近乎满分的好成绩，汤璐女士当即把自己的决定告之全体评委，宣布“超级杯”内衣天使大赛今晚揭晓，总冠军获得者是吴玉香！

听到汤女士的宣布，一时间，台下尖叫声、欢呼声、鼓掌声四起……

接下来，是安排给记者们的自由采访时间。满街都是窈窕淑女，此次大赛却迟迟未能赛出独家赞助商满意的选手，这种奇怪现象早已引起各路记者的密切关注与媒体评论。

“请问吴玉香小姐，是来自哪个地方的选手？”照相机闪光灯闪个不停，记者们迫不及待地开始提问了。

吴玉香迟疑片刻，朝大家微微一笑，神情自若，“我是来自市精神病康复院的选手。”说着，她还伸出两根指头对着摄影师做了个“耶”的动作。

“还是一名白衣天使哟！”台下传出一片唏嘘声。

记者们紧追不舍，“你现在已获得‘内衣天使’称号，请问，你本人作为一名白衣天使，怎样理解这次超级杯内衣天使选拔大赛？”

吴玉香一时语塞，低垂着头，不知该怎样回答。

见状，坐在评委席上的王乃栋的心也跟着乱了，转喜为悲。假如此时，她又像当初进院时一样神情恍惚，那他们的所有努力可就毁于一旦了……王乃栋不时用指头敲打着桌子，额头沁出一层细汗。

“对不起，”吴玉香清了清嗓声，拿着话筒的手在空中摇了摇，露齿一笑，“我不是白衣天使啊，我仅仅只是一名患者……”说到最后，语调里还有些淡淡的失落。

“哟，内衣天使是个精神病人!”台下一片哗然，胆小的观众倏地站起身直往安全通道涌。

“且慢!”这时候，后台突然闪出一个人，大踏步走至吴玉香身旁。王乃栋定睛一看，那人正是市精神病康复院的陈院长。“吴玉香确实是我们医院的一名患者，其母亲因婚姻变故而自杀曾让她自闭与自我谴责，认为是自己没照顾好母亲，一度精神出现问题。我们通过训练她后让她参加这次比赛，就是要她重新找到生活的勇气和发现自身的美丽，这样也对她的病情很有好处。同时，我们也想通过这件事，来呼唤大众不要歧视精神病人……”

汤璐走上舞台，一把抓住陈院长的手，十二分激动地说：“陈院长，感谢你们为超级服饰广场培养出这么优秀的内衣天使，我将把内衣形象展示年薪提高到 38 万。”

在主持人的安排下，礼仪小姐拿出两份协议书交给吴玉香签字。没一会儿，吴玉香就将那张 38 万元的支票高高举起，在舞台上从不同角度向观众展示。最后，她走到最前台，先向大家鞠个躬，然后清清嗓音说：“这 38 万元，我全部捐赠给市精神病康复院!”说完，把那张支票递给了陈院长。

台下顿时响起雷鸣般的掌声……

由于这次活动最后达到了预期目的，超级服饰广场按协议支付市电视台 10 万协办费。副台长王乃栋也因此被市广电局提拔为台长。王乃栋转正后做的第一件事，就是在电视黄金时段增设一个全新版块“内衣与健康”，并邀请吴玉香做特约主持。

无心插柳柳成荫

吴三六是爹娘的独生宝贝儿子，刚读至高中二年级就没学习兴趣了。看到村上一拨子年轻人都外出打工挣钱心里痒痒的，他也想随同别人一道出去跑广州闯深圳，见见世面。可吴三六是他爹 36 岁那年才喜得的贵子，平时看得格外娇宠，就让他跟着自己学木工手艺。转眼间，吴三六已是二十七八岁的大龄青年了，还没谈妥女朋友，做爹娘的更是急得不得了。倒不是其家庭经济状况不佳，而是由于吴三六生得老实巴交憨厚本分，见到女孩子脸就红得像喝醉了苞谷酒。这年月农村木匠不吃香，一年忙到头也挣不了几个钱。吴三六烦极了，牙一咬心一横，对爹娘说："俺也要外出打工！"忙完夏收，吴三六便跟表哥一起前往深圳。

来到深圳，表哥给吴三六介绍过几家厂子，人事部主管均嫌弃他那副憨厚模样而没能被看中。最后，表哥只好无奈地对他说："三六，我已尽最大努力了，那你现在就自个儿去找工作吧！"吴三六的嘴巴噘得老高，气冲冲地说："呃，有什么了不起的，自个儿找工作就自个儿找！"

次日一大早，吴三六就跨过出租屋门槛准备上街找工作。表哥一把拦住他，交代说，在街上一是看见钱物不要捡，二是千万别多管闲事。吴三六心里默念着表哥的两条忠告，开始在深圳的几个工业区转悠，以期盼能尽快找到一份工作。可他在街上跑了一整天，竟连个"招工启事"也没看到。吴三六心里暗自思忖，都说深圳遍地是金，俺怎么连金子的影儿也没看到呢，唉！

就在回表哥出租屋的路途，吴三六还真的碰到了一堆"金子"：地上躺着一个鼓鼓胀胀的黑色手提包。走到黑提包跟前，吴三六犹豫了，出门前表哥一再交代他不要捡路边的钱物，那多半是居心叵测的人设置的陷阱，说不定你刚拿起提包，路边就会立即窜出一帮子人来敲诈你。吴三六并不甘心，向四周认真看了看，却不见半个人的踪影，甚至连一辆车也没有，再看看地上那只鼓鼓囊囊的提包，里面说不定是一沓沓簇新的票子，还有可能全是美钞呢……想到这里，吴三六赶忙弯下腰去拾起黑色提包，迅速往随身携带的一只大挎包里塞了进去。

吴三六总算舒了一口气，但他刚迈开步子，路边果真窜出一个人来，恶狠狠地吼了声："且慢!"

吴三六一时魂都快吓掉，赶忙打住脚，后悔刚才捡了那个提包。当他转过头来正欲交出提包时不禁让他吃了一惊，原来丢包诈款的家伙竟然是表哥!

没等吴三六开口，表哥就抢先说道："三六啊三六，我交代过你不要捡拾路边的钱物，可你偏不听，这样做是要吃亏的，要记住俺们是来深圳打工的……"

"这，这是你在考验俺!"吴三六一脸疑惑。

表哥"嗯"了声。

吴三六心里掂了掂，暗想，很可能是表哥路过此地，刚好看见自己捡了包，他是想同自己分财呢。

吴三六不是"灰面坨"，顿了顿立马改口道："表哥，俺什么东西都没捡到呀?"

"别瞒表哥了，你刚才捡的那个黑提包里，装着的只是一条旧毛巾，不信，你拿出来看看。"

吴三六颇不情愿地从挎包里取出黑提包，打开拉链，里面装着的果真是那条挂在出租屋浴室里的烂花格子毛巾。

一路上，表哥又给吴三六讲了一大堆别在街头贪图便宜捡拾钱物、莫管闲事的道理，告诉他那是人家设下的圈套，钻进去必定上当受骗。吴三六这次当着表哥的面表了态，说从今以后保证听他的话，老老实实在外面找工作。

吴三六每天一清早就出门了，在深圳街头苦苦地寻找工作。

这天，他路过一个小区的菜市场时，看见入口处围了一群人。他挤进去一瞧，地上蹲着一个可怜巴巴的女孩子，正向人们倾诉着被人骗到深圳逼进发廊做小姐的悲惨经历，企求好心人给予帮助，云云。吴三六的眼泪也快跟着那女孩子流出来，想也没想，就掏出一张 50 元的票子递过去。走出菜场的吴三六发现身后竟跟着两个身材高大魁梧的黑汉。高个子快步上前，抓住他的肩膀，嬉皮笑脸地说："嘿嘿，湖北兄弟是大老板，咱俩也没盘缠回家了，赏赏脸吧！"吴三六以为自己在深圳街头真的遇上老乡，可听口音，对方又不像湖北人。吴三六这时才想起自己穿的一件T恤衫上印着"湖北"二字，那是他参加湘鄂边农运会时乡政府给他发的一件运动衫。吴三六想辩解什么，矮个子黑汉怒道："湖北佬，把身上的钱全部借给我们！否则，嘿嘿……"高个子的手已伸进他的裤口袋，浑身上下搜过一遍后，衣袋里仅有的一张50元票子被他们掏走了。站在街头，吴三六又气又恼，朝自己头上猛击两拳，悔恨自己没听表哥的奉劝，吃了一顿哑巴亏，那女孩子同两个黑汉八成是一伙骗子。

夜晚回到出租屋，吴三六将白天发生的事给表哥讲了，表哥也是恨铁不成钢，叫他不要干的事他偏要干，最后说："三六，你在深圳再找几天工作吧，如果还找不着就回家算了……"每次出门前，表哥只要他带一瓶水和几包快餐面，口袋里再莫装钱了，免得在外招惹是非。然而又是几天过去了，吴三六还是没有找到工作，看来，想在深圳打工的事只得泡汤了。表哥已经贴吃贴住半个月，他也不好意思再在深圳待下去瞎闯荡，就准备打道回府。

这天上午出门前，表哥再三交代他，切莫看热闹管闲事。于是，吴三六记住了表哥的话踏上返乡路。临去火车站时，他决定抽空逛逛这座或许今生今世再也不会前来观光的城市。吴三六耷拉着脑袋，穿了一个巷又绕另一条街，直到下午，他才赶往火车站。无奈，他只买到一张晚上直达岳阳的火车票。吴三六心想，反正还有大半天，不如继续去火车站附近溜达溜达。忽然，广场一角的一则"招聘启事"转移了他的视线。吴三六凑近看过一遍，原来是一则招用仓库保管员的广告。没别的条件，就一条责任心强的要求。吴三六对自己说，这世上还有谁比俺的责任心强！前几年，俺在湖北老家荆江大堤上防汛守哨棚，村长要俺一夜不睡觉俺就一整夜没合眼，还得到过市长的口头表扬呢……吴三六怀着碰碰运气的心理，一路摸一路问地去了那个招仓库保管员的公司。见院子里进进出出的男男女女如流水一般，他心里咯噔了一下：妈呀，这黑压压的一片应聘者，俺吴三六就别挤进去凑热闹了，再者，表哥也交代过俺别凑什么热闹。吴三六站在门外朝院内看了一阵子，最后还是忍不住想进去看看考官是怎样测试人的责任心的。

吴三六费了浑身牛劲，终于挤了过去。看见一拨一拨年轻人的手里大都拿着一个个红本本蓝本本，他起初的一点自信心也蓦地荡然无存，再没朝考官看第二眼便钻出人群了。吴三六贵有自知之明，俺哪里是一块来该公司当仓库保管的料。这时候，吴三六身旁有个女孩子对他说："咱们是老乡呢！"吴三六没吭声，心里牢记着上次的经验教训，再也不能上当受骗了。那女孩子又说了声："大哥，咱们都是湖北老乡呢！"吴三六怕招惹是非，就朝外面走了出来。深圳的太阳特别烤人，吴三六又生得胖乎乎的，额头更是热汗涔涔。

他垂头丧气地退了出来，惦记着晚上要乘坐的那趟火车。吴三六见公司院内的停车场附近有一根自来水管正在冒水，就想过去洗把脸。他从随身携带的挎包上解下毛巾，认认真真洗了把脸，又从包里拿出一个空的纯水瓶，灌了满满一瓶自来水。吴三六用完水，正欲关上水龙头时，他才发现这只水管的龙头已坏了。他绕着哗哗流着水的水管转了两圈，仍没发现这根水管还有其他任何控制装置。吴三六站在水管面前认真看了看，顺手解下系在挎包上的湿毛巾，将水管的出水端牢牢地塞上了，直到水流变成水滴，才悻悻地离开。

失望的吴三六刚走至公司大门时，就听见一个沙哑的声音："小伙子，你已被录取！"吴三六想看看到底是哪个幸运者被录取了，要知道是仓库保管啊，谁个打工者不想被录取！吴三六转过头来，只见一个已秃了顶的老头子说："湖北青年，你已被录取了！"吴三六想，一定是这老头弄错了，俺考都没考，录取个啥？吴三六十分有礼貌地说："老人家，您认错人了。"

老头子一脸严肃地说："我没认错，我是这家电子公司的老板，怎么会认错人呢？自从面试开始后，我就一直站在那根水管对面的楼上盯着白哗哗的流水。我登记了，已有 107 人在那根水管前用过水，没哪一名应聘者想办法将水堵住，唯有你，第 108 个使用水龙头的青年，用自己的一条毛巾将水管口堵住了……"老头子顿了顿继续说，"看你的 T 恤衫上印着湖北二字，听你的口音，你大概就是湖北人吧？"

听到这里，吴三六以为自己是坐在火车上做梦，他狠狠地掐了一把大腿，还疼，又朝四周瞧了瞧，确信不是梦境。

老头子又说："我是当兵出身的，像你这样年轻时就在湖北当兵，有一次，我们连队的几个战友一道去长江里游泳，我落在了最后面，突然双腿痉挛，浑身乏力，往水里下沉了一米多深时，是一位湖北渔民跳进长江，扎了好几个猛子才把我救上船……”说着说着，老头子的泪水也流了一脸。

“湖北青年，仓库保管员就要像你这样有责任心啊！”老头子最后破涕为笑地说。

当公司人事部宣布录取结果时，众人一片哗然。

吴三六不经意间做的一件小事竟被老板看中，录取进公司当上一名仓库保管员。上班后，吴三六更加本分做人，爱厂如家。一次，吴三六值夜班时，夜里发现有两名窃贼翻墙入室欲盗公司成品货。他一个箭步冲上前，一把死死地抱住一名窃贼同他拼打，殊不知，另一名窃贼趁机将一把匕首刺入他的肩膀……公司的财产保住了，可吴三六因此住进了医院。随之，吴三六一夜之间成为新闻人物，众多报刊竞相报道他的英勇事迹。康复后的吴三六理所当然得到了公司老板的破格重用，当上一个车间的负责人。

后来，吴三六就更加神气了，更加神气的吴三六就有女人爱了。

前不久，吴三六同一名来自江西的漂亮打工妹结了婚。

拜乞丐为干爹

文部长有晚饭后偕妻子水秀出去散步的习惯。常碰见熟悉的或不熟悉的给他们打照面，文部长一概向对方挥挥手以示回敬。他现在能捞个宣传部长的位置的确不易。要知道，他是从报社一名小小记者开始干起的。

这天傍晚，文部长和水秀溜达至公园路入口处，就有一条汉子突然从绿化带后面钻出来，很响亮地叫了声“文部长”。文部长慌忙打住脚，心里头一咯噔，刚抬起的手腕就僵在半空。看到面前竟是个衣冠不整、没修边幅的拾荒老乞丐，水秀掩鼻瞟了眼丈夫，问他怎么啦。文部长缓过神，勉为一笑说“没什么”，然后轻咳一声，拉着水秀匆匆离开。

“你认识那老乞丐？”回到家里，水秀满腹疑惑，迫不及待地问道。文部长沉吟片刻，告诉妻子，“那人还不是在电视上认识的。”听丈夫这样一说，水秀也就没把那老乞丐放心里，径直进了卧室……

文部长刚坐在沙发上叼起一支烟，门铃响了。从猫眼往外一瞧，他不觉一怔，那个老乞丐居然跟着他们赶上楼来了。文部长有些冒火，把门拉开一条缝，低吼道：“丁贵卯，你有毛病是不是？”

“文部长，敢情你还记得俺丁贵卯！”他的脸上露出一丝令人难以捉摸的笑，递进屋一封信，掉转身子噔噔噔地朝楼下跑去。

文部长莫明其妙，拆开信，里面是一块泛黄的报纸，再仔细看看，《丁老汉科技养蟹，水窝子变钱袋子》的大黑标题赫然入目，眼睛都直了。原来那是十几年前自己写的一篇新闻报道的剪样。另附有一张字条，上面写到：今晚九点半，广电大厦工地见，有要事相告。

当年赫赫有名的养蟹能手丁贵卯如今怎么沦为乞丐？他有什么重要事情要告诉自己，为何把地址选在广电大厦工地？广电大厦工程是市里交由自己分管的重点建设项目，主体建筑工程刚竣工，现在正在搞室内外装修，承包装修工程的鲁老板近期还同自己打得火热……难道？文部长疑窦顿生，更不知丁贵卯葫芦里装着啥药，决定赴约探个究竟。墙壁上的石英钟快九点，他向妻子交代一句“出去办点急事”后匆匆出门……

出租车刚停下，文部长就看见丁贵卯正站在广电大厦门前一堆砖渣上东张西望。他叫了声“丁贵卯”，问他现在干些啥名堂。

丁贵卯不吭一声，急忙跑过来把他拉到一棵行道树下，手指前方，神秘兮兮地说：“文部长，你看——”

此时，两辆大货车正缓缓开进广电大厦院内。看得出，那是满满两卡车装饰材料。今天上午，鲁老板不是已将所有铝材都购回工地了吗，自己和广电局长老陈还专程赶来检查过材料的品牌，嘿，怎么又趁夜晚运输来了两车？文部长眉头紧蹙，自言自语道：“鲁老板，你搞什么鬼？”

“用那个品牌的铝材装饰广电大厦，老子一定亏血本，要知道，我送文部长的可是整整两万美金啊……这、这……晚上十点，把那批材料换回去不就得了吗，再说，文部长和陈局长都已检查过关……”文部长身边忽然响起录音机的声音。这段录音是鲁老板同另一陌生人的对话，文部长听得目瞪口呆。两万美金？没有的事情啊，难道是妻子水秀她……

丁贵卯轻轻碰了下文部长，举起手中的东西摇了摇，有些得意地说：“文部长，你如今应该什么都明白了吧！”

“你——”看着一旁的丁贵卯，文部长好半天才稳住忐忑不安的心绪，脸色陡变，欲言又止。

丁贵卯沉吟片刻，接着对文部长说，近几年，他虽说在城里以拾破烂甚至乞讨为生，但有收听湖南花鼓戏的习惯，平常随身携带着一台袖珍收录机。在广电大厦工地捡破烂时，无意间听到了几个老板模样的人在谈话中多次提及文部长。这日中午，他在工地蹲临时厕所时，正好听到有人躲在里面打手机，通话内容又提到文部长，于是他就偷偷按下了录音键……看文部长几乎每天都要带妻子在公园路附近散步，这天傍晚便早早地守候在那里，可文部长却……

这时候，文部长自然明白他们夜晚运来两货车装饰材料的原因，心里也不由得开始发虚。文部长嘘了一口气，顿了顿问丁贵卯：“你不是在养蟹吗？”

“养蟹的事情就甭提了”，丁贵卯轻叹一声，神情沮丧，摆摆头说，“当年你写的那篇文章登报后，我的养蟹场就再也没有安宁一天，前去参观、考察的各级领导成群结队，有时候一天要接待二三批。尝几只螃蟹解馋也罢，可那些头头脑脑们离开时还偏要大提小兜地带走，乡里说年底照价作补偿的，可领导一换，谁也不肯认账了。没出两年，我的养蟹场就亏损得一塌糊涂……”

文部长还在报社做记者时，做梦也没想到丁贵卯会得到如此下场。那篇《丁老汉科技养蟹，水窝子变钱袋子》的报道最后还获得过全省好新闻一等奖，他也因此而被分管农业的市委副书记所器重，将他调进市委宣传部工作。几经周折，当年分管农业的领导现在做了市委书记，便把他提拔成宣传部长。文部长暗忖，丁贵卯的遭遇和他的那篇报道有关……深感内疚，心里说不出是疼痛还是酸楚，于是决定帮他一把。

文部长当即掏出手机，拨通广电局长老陈的电话："明天，我将安排一名同志到广电大厦负责室内外装饰监理工作，他叫丁贵卯——"

"文部长，你是说……"丁贵卯瞪大眼睛，盯着文部长，一时手足无措。

文部长指着面前的广电大厦，手一扬，"我想安排你到这里做个监管员，难道不愿意干吗?"

"这、这……"丁贵卯低垂头，嘴巴嗫嚅了几下子。

文部长打了个哈哈，说："其实很简单，你只要能够分辨出铝材、不锈钢等材料的优劣即可。"

丁贵卯忽然转忧为喜，笑了笑，一本正经地告诉文部长，他捡了这些年的破烂，别的东西没学到，对于各类铝合金、钢材的好歹优劣还是能够分辨得出个子卯乙丑的，别看那些玩意表面上差不多，质量和价格相差可就大了……

文部长把丁老汉带到理发屋剃了个头，又领他回到家里，想找几件自己穿过的衣服给他换上。可妻子水秀不在家，他翻箱倒柜找了好一阵子也没找到去年穿过的几件夹克。正发愁时，大门"咔嚓"打开。水秀回来了，看到屋里多了个客人，面露微笑地道了声好。文部长问她去了哪儿，水秀脸色一暗，把丈夫拉到一旁，小声嘀咕了几句。文问部长这时才倏地完全展开眉宇，重重舒了口气。

其实，文部长出门到广电大厦找丁贵卯时，水秀见丈夫行动诡谲，认为他们之间一定有什么秘密，就随后悄悄跟他一道追了过去。丁贵卯和他的对话，以及鲁老板的那段录机，她也全听了个明白。水秀想也没想，就立马打车回家，把鲁老板前几天送到家的那个大红包给退了回去。

文部长把准备安排丁贵卯去广电大厦工地做监工的事告之水秀，水秀连连摆手说："如果这样做，还不知道别人会把他看作你什么人呢?"

"老丁，就说你是我文某人的干爹!"文部长先乜了眼妻子，再看着丁贵卯，语气坚定地说。

丁贵卯抿着嘴，心里却乐翻了天。说不准，他的美差还不止这些呢!

善待孩子

都说孩子怕挨揍，可有个叫秦小环的孩子，就偏不怕爸爸揍他，被揍了也不觉得痛，心里甚至还有些想挨揍呢！

秦小环上小学四年级，妈妈两年前就因病去世，现在和爸爸一起生活。平常，秦小环在爷爷奶奶家吃饭，只有晚上才回家和爸爸一起居住。因为爸爸脾气坏，秦小环身上挂点彩就成了常事。

班主任刘老师对待学生像个母亲，经常看到秦小环脸上的彩，就感到奇怪了。有回，刘老师看见秦小环额头生出一个大包，把他叫到一边，问：“你是不是和哪个同学打架闹事了？”秦小环顿了顿，摸摸额头上的包，笑着说：“刘老师，没事啊，这个包是在门框上碰的。”刘老师不好再问什么，给他抹了些碘酒了事。每次发现秦小环脸庞有指痕、额头有包、耳根泛红，刘老师都要认真过问。而秦小环总能找出最恰当的理由，向老师解释说明。

有天放学，秦小环走路时腿有点不灵便。刘老师发现后，直接把他叫到办公室，挽起裤管看了看，不觉一惊，他的小腿乌青了一大块。刘老师立即拿出自己备用的药水为他涂抹，等药水干后，又用止痛膏贴住伤处。秦小环受宠若惊，抽着鼻子，喃喃道：“刘老师，我再也不敢骑爸爸的自行车，骑自行车摔得太疼……”刘老师直摇头，轻轻拍了拍秦小环的肩，让他回家了。

星期六，秦小环在奶奶家吃完午饭回自己家做作业。爸爸秦有志上午加班，中午又在街头和几个朋友喝了酒，回到家时酒意正浓。秦小环拿出刚考过的一份数学试卷，让爸爸检查签字。

秦有志见上面还有两道题留着空白，不禁怒火直窜，“小仔，你是怎么学的，还有题目没做完？这样发展下去，还有希望吗？”说完，一巴掌扇过去。

他的这一巴掌打重了点，秦小环伏在桌子上，呜呜地哭起来。

这时候有人敲门，秦有志打开门一看，见是儿子的班主任，愣怔片刻，连忙赔着笑："刘老师，你来了，欢迎欢迎！"

刘老师说："近来，学校组织一项社会调查活动，我就随机走访到了秦小环同学家。"

秦有志把刘老师迎进屋子里。她打量了一圈房子的摆设，家庭条件尽在眼底，不觉心里酸酸的。看见秦小环眼窝湿湿的两汪，脸上的几道指印清晰可见，刘老师关切地问："秦小环同学，你怎么啦？这脸上，又在哪里磕碰了？"

秦有志站在一旁，胸中有愧，一时手足无措，更没胆吭声。

秦小环望了爸爸一眼，摸着发烫的脸说："刘老师，刚才去卫生间，地板溜滑，身子一倾，不小心面朝地板扑腾摔了一跤……"

刘老师瞧了瞧秦小环面前展开的那份数学试卷，又看了眼他微微红肿的脸，心里明白了几分。她轻嘘一口气，正想说什么时，秦有志抢先开口了，颇有几分尴尬，说："小环，你用不着向老师撒谎。刘老师，是这样的，刚才看了他的试卷，还有几道题空着，我一时冒火了，就……"

刘老师一脸严肃："秦小环在校内是个遵守纪律的学生，数学成绩也不错，这次没考好，可能另有原因。秦小环的家长，我要对你说，现在哪还有这样动粗教育孩子的。教育孩子，需要耐心、细心和爱心。"

秦有志喷了个酒嗝，说："是啊，刘老师讲得很好。今后，我一定改正这种粗暴行为，好好善待孩子！"

不料，秦小环霍地站起身，说："没事，我一点也不疼。爸爸，我就喜欢你发脾气，喜欢你打我！爸爸，你不能改正这个行为！"

刘老师像听天书，糊涂了，不知这对父子葫芦里装的啥药。自己教了半辈子书，还没有遇到过一名希望家长揍自己的学生。最后，她问了一些秦小环在家里的表现，顺便嘱咐几句，匆匆告辞。

一连几天过去，刘老师都没有想明白，秦小环究竟是什么意思，是包庇爸爸，还是另有什么隐情？

刘老师教语文课。不久，她在批改语文随堂训练册时，发现秦小环的作业里夹着一个薄薄的本子。翻了几页看过，原来是一个小小日记本，便仔细地阅读下去。那上面虽然记得很凌乱很琐碎，但她还是看懂了秦小环所要表达的意思。

秦小环爸爸上班工资不高，妈妈治病花去了家里所有积蓄。妈妈死后，家里再也没有什么零食可吃了。上学路上，看到同学们吃薯条吃汉堡，他就直流口水。假日里，经过街头肯德基店，看见一些同学跟着妈妈坐在玻璃屋里，快快乐乐地吃上校鸡块、嫩牛五方时，他就会想起有妈妈的那些美好时光。如今，爸爸的脾气越来越不好了，检查作业时，发现差错，就会打他，有时还打得很重的。不过，被打后的第二天，爸爸总要给他买回许多好吃的东西。由于家里很穷，爸爸平常是绝对舍不得买的。慢慢地，他就掌握了爸爸的性格习惯，每次被爸爸教训一顿，必有他喜欢的小礼物和好吃的食品带回家……

刘老师惊得目瞪口呆，心里也清楚了。原来，秦有志把孩子当成了出气筒，而后后悔自己的行为时，又把孩子当成忏悔录，给他买零食、礼物作为一种补偿，也让自己求得心灵上的宽慰。

刘老师突然可怜起这个学生来，为了平时能够吃零食，不惜忍受家长的巴掌和拳脚。她想起了那天在秦小环家里看到的情景，两道空着没做的题目，一定是他故意的……想到这些，刘老师的泪水淌了出来。

没几天，刘老师再次来到秦小环同学家，还带去了一个大沙袋。刘老师开门见山，对秦小环的家长说："如果你想对秦小环发泄脾气时，就去抽打这个沙袋吧！"说着，把那个重重的沙袋放在凳子上。

秦有志低垂头，搓搓手，说："感谢刘老师对我家孩子的关心，其实，我这人没什么坏毛病，就是爱冲动，脾气暴了点……"

刘老师说："冲动是魔鬼。这样下去，会毁了孩子的！"

秦有志总算没有辜负刘老师的一片良苦用心。自此以后，每当检查孩子作业发现差错，对考分不满意，想动粗教育孩子时，他就去阳台上抽打那个大沙袋发泄一通，然后给孩子讲明认真学习的道理。这下子，秦小环倒觉得奇怪了，爸爸真的改掉暴躁脾气，不再揍他了？那以后爸爸还会买零食回家吗？

秦小环不明就里，见爸爸常在阳台上打沙袋，以为他在锻炼身体，趁独自一人在家时，也跑到阳台上练习沙袋。

突然有一天，秦有志拳打脚踢沙袋时，袋子裂了一条缝，里面的细沙哗啦啦地往外流，最后整个袋子都穿帮了。秦有志惊奇地发现，细沙里有一张纸条，取出来一看，上面写有一个地址：民乐巷 125 号。

他取下那个空瘪瘪的沙袋，看上去，应该是刘老师自制的，那张纸条会不会是她有意藏在里面的？又要表达何种意思？秦有志眉头紧蹙，百思不解，最后决定去民乐巷125号探个究竟。

民乐巷就在他上班单位的后面，是一条僻静小街。他找到那地方，碰见了一个他做梦也没想到今生今世还能见面的人。这个人叫刘丽，是他读大学时狂热追过的一个女同学。

他们已有17年未曾见面，自然是一阵热烈寒暄。大学毕业后，刘丽去南方发展，而秦有志回到家乡城市，在父亲工作战线的一个单位上班了。更让秦有志没想到的是，刘丽的儿子和秦小环还是同桌，是最要好的伙伴。原来，刘丽的丈夫前几年出国在海啸中遇难，她工作繁忙，只得把孩子转回内地，进了她堂姐任教的学校读书，并委托堂姐照看。

刘丽经常来这个城市看望孩子，在儿子向同桌借的一本训练册上，看到家长签名是“秦有志”，她不禁惊愕了，就向堂姐打听这个家长。正好堂姐家里有盘班上开家长会的碟子，她迫不及待地在电脑上调出来一浏览，果真就是大学同学秦有志！刘丽要打听秦有志的情况，堂姐便把自己所了解到的有关信息全都告诉刘丽，接着，两姐妹还想出了用沙袋制制他暴躁脾气的点子……

秦有志问刘丽：“老同学，你在南方闯了这些年，一定赚了不少吧？”

“为了照顾好孩子，我决定回内地创建自己的公司。”刘丽停了停，轻嘘一声，“孩子没有教育好，赚再多的钱又有何用呢？”

“你们以前的故事，我早说听说过了！”不知什么时候，刘老师一手牵着一个孩子出现在他们面前。

刘丽瞪了刘老师一眼，羞赧一笑：“堂姐，你？”

秦小环跟着刘老师来她家上辅导课，没想到爸爸也在这里。这孩子不像是初次来这地方了，叫了声“刘阿姨”，又叫了声“爸爸”，就随另一个小家伙上楼去了。

刘老师对秦有志说：“你一定发现了那张纸条，才找到这地方的吧？你能找到沙子里的纸条，说明你平时抽打了那个沙袋，现在把沙袋都给打裂了，也应该改掉粗暴脾气了吧！”

秦有志点头如捣蒜，说：“刘老师，今天中午，我请大家一起吃个饭吧，也算是对你的一份心意。”

刘老师连连摆手，说：“就在我家里吃，为了这两个孩子成长，我还有话要对你们说呢，而这些话是不能让外人听见的……”

秦有志和刘丽相视一笑，心里明白，那是一个老师的本色！

红玫瑰女生

那是一个周末的傍晚，我打开 E－mail 查看电子邮件时，不觉眼前一亮：红玫瑰女生愿和你交真诚朋友，谢谢。

红玫瑰女生？

尽管我还是一个电脑新手，可早就听说过网友大都是天外来客。说不定，这位想同我交朋友的“红玫瑰女生”还是一位雄性十足的男子。即使红玫瑰女生真如她的芳名一样明艳动人，她也只不过是水中皓月，梦中情人，可想而不可得。由于礼貌，我仍毫不犹豫地向她留下的电子邮箱 OK 了。由于工作关系，我曾向众多朋友赠送过名片。红玫瑰女生大概就是从名片上得知我的电子信箱的。就这样，我和红玫瑰女生交上了朋友。她说，她最喜欢红玫瑰，很爱读《红玫瑰女生》一书。这一生中，她只希望得到一束红玫瑰，因为红玫瑰是永恒爱情的象征。我说，就让我为你送上一束鲜艳欲滴的红玫瑰吧。随着电子邮件的鸿雁传书，我们渐次陷入情网。

这天是初夏的星期四，我突然在 E－mail 里看到：明天是我二十二岁生日，晚 7 时整中山公园门前见，我手拿一本杂志，不见不散——红玫瑰女生。红玫瑰女生果真与我生活在这同一座城市。幸福的时刻终于等来，我心底充满馥郁的芬芳，忙在键盘上敲出：我将手持一束红玫瑰，不见不散。

翌日下午没等下班，我便提前回出租房精心打扮了一番，吃过快餐，就直奔城里最豪华的花都。我要买 22 枝今晚最鲜艳的红玫瑰，作为生日礼物送给红玫瑰女生。当我手持一束红玫瑰登上开往中山公园的一趟公交车时，我心如撞鹿，不由得突突直跳起来。这毕竟是去见一位陌生的网友，一位名叫红玫瑰女生的女生。下车时，我才来得及看一下 Call 机的时间显示，只有 18：

15。我手持一束红玫瑰在中山公园门前踱来踱去，心里暗忖着：身着红裙的红玫瑰女生，眼睛圆圆的，亮亮的，头发长长的，飘飘的，仿佛仙子一般向我姗姗而至……想着想着，我竟沉醉在一片用红玫瑰营造的曼妙风景之中，温馨而惬意。

可是直到晚上 10 点钟，我也未等到那名手持一本杂志的女生在中山公园门前出现。想着明天还要去加班，我只得悻悻地返回。

躺在一张硬板床铺上，时而斜睨那台电脑，时而对那 22 枝红玫瑰逡巡，翻来覆去怎么也无法入眠。我一股脑爬起身，打开电脑，一封 E－mail 邮件赫然呈现在我眼前：今晚，她已从路过中山公园的公交车上看见手持一束鲜艳红玫瑰的你了，只是她急着要到医院做开颅手术——红玫瑰女生的姐姐。妈啊——红玫瑰女生今晚做了开颅手术，我不禁吓了一跳，忙关掉电脑，蒙头就睡，想了一会儿已剃成秃子、头缠绷带的她，不知不觉便呼呼大睡。

大约过了两周，我去新华书店的自选柜看书。当我转过最新书架一角时，蓦地看到一名头缠纱布的女生，只见她的头上只有极短的头发，像刚被剃过光头不久……我想，她大概就是那个红玫瑰女生了。她并不是我所想象得那样漂亮，像她这样相貌平平的女生，街头巷尾一抓一大把，根本不配叫红玫瑰女生。转而一想，对美的渴望是每一个女人的权利。我看书的雅兴殆尽，生怕让她认出我就是那个晚上要为她送 22 枝红玫瑰的网友男孩，似躲避昔日被我抛弃的情人一般，慌忙逃走。第二天，我到邮局取杂志，刚下车就在人行道上碰见那个头缠纱布的女生和另一名身着白大褂的大夫向我走来。我窥视着那缠有绷带的女生，她手里还拿着一册精装本《红玫瑰女生》。她肯定就是红玫瑰女生了。我起初对她的一点“或许这只是一个巧合”的疑虑，眼下已荡然无存。真是冤家路窄！我决心不再理会这个红玫瑰女生，我一定要在这座城市的千百双眼睛里，寻找到属于自己的那双能与我相通的眸子。

红玫瑰女生并不是一枝红玫瑰，而仅仅是一枝随处可见的狗尾巴！

像一只泄了气的皮球，我将红玫瑰女生留下的电子信箱立即删除。

就在这个夏季即将过去的时候，我突然又在 E－mail 上看到红玫瑰女生的电子邮件。她告诉我，她的实习期已满，马上要离开这座并不属于她的城市，希望能同我见上一面，地点定在她所实习的人民医院门前。

原来，红玫瑰女生是一名医生！

接到她的信的当日晚，我就开始在这座城市寻找红玫瑰。我要为红玫瑰女生补送22枝红玫瑰。因为季节的变化，我所生活的这座城市时下已出现玫瑰脱销，更不用说去买22枝红玫瑰了。我跑了几家花店，费了九牛二虎之力总共才买到20枝红玫瑰。而我要22枝红玫瑰去送给红玫瑰女生，却哪里再买上两枝红玫瑰呢？第二天下午，我从一位同事口中得知，她的家里还有几枝玫瑰。下班后，我忙赶到同事家，终于从她的一大束快要枯萎的玫瑰中挑选出两枝还算鲜艳的红玫瑰。来不及致谢，我便捧起22枝红玫瑰向人民医院赶去。

红玫瑰女生并不是一枝红玫瑰，而仅仅是一枝随处可见的狗尾巴！经过一番打听，我终于从一名正在上夜班的护士小姐口中得知那个红玫瑰女生的情况。她对我说，红玫瑰女生是因为她十分喜好红玫瑰，外科护士班的姐妹们才叫她红玫瑰女生的。红玫瑰女生是武汉一所医科院校的应届毕业生，在这里实习了两个月，已于昨日晚乘坐夜班车返回她的老家。临走时，红玫瑰女生无不感慨地对外科护士的姐妹们说，这座城市没有属于她的红玫瑰。那上夜班的护士一边同我说话，一边拿出一张合影，指着照片上的一张脸告诉我，那个穿红色连衣裙的就是红玫瑰女生。天啊，那天我在邮局门前碰见的那个穿白大褂的女生不就是红玫瑰女生吗？

时间在我的脸上凝固。

城市夜色斑斓。走下楼梯，我将手里的22枝红玫瑰一枝枝丢在身后，一脸沮丧，消逝在这座红玫瑰女生曾经来过的城市……

善良无声

邓思颖在市一中读书，学校离家较远，但她坚持每天骑自行车上学。高中课程加重了，妈妈劝她住校，她没听，仍然每天回家陪伴妈妈。妈妈在住宅小区门口卖烧烤，生意大多在下午和晚上，常常深夜才回家。邓思颖要让妈妈收工回来，迎接她的，不是空荡荡的家，而是女儿。

有天晚上妈妈回来得很早，手里还拿着一个黑塑料包，进屋后直接放在了床头柜里。邓思颖见妈妈神情紧张，觉得有些异样，平时妈妈收摊，架车、工具、配料都放在一楼储藏室，空着手回家，今晚怎么拿了一包东西回来，难道……趁妈妈去浴室洗漱时，邓思颖出于好奇，悄悄溜到妈妈卧室，拿出了那个塑料袋，打开看了眼，顿时惊住了：那是一包硬扎扎的钞票，少说也有几万元！她连忙系好塑料袋，塞进柜子，掩饰住狂蹦的心跳，回到自己的书房，继续写作业……

邓思颖知道自己家的底细，刚上初中那年，爸爸遭遇车祸，肇事司机逃逸，没有得到赔偿，在医院花去全部积蓄不说，爸爸最后还是走了。妈妈原是纺织厂职工，企业破产后，一直在摆烧烤摊。5 年过去，母女俩就靠妈妈一人卖烧烤过日子，家里哪来这么多钱?

第二天没有晚自习，邓思颖上完最后一节课便回家，想问妈妈那包钱的事。进入住宅小区，就看见妈妈烧烤摊前，正站着一位拄着一根拐杖的小伙。她定睛瞧了瞧，心里不禁“咯噔”一下，急刹住自行车，靠边立在绿化带旁。

待那小伙提着一袋羊肉串，一跛一跛地离开，她把自行车滑过去，叫了声“妈”，问道：“刚才这个人，是不是经常来买烧烤?”

妈妈说：“大概一星期来一两次吧。看他有残疾，每次我都要多给他一串羊肉串。”

邓思颖问："妈，你认识他？"

妈妈抬头，皱起眉宇："不认识，思颖，你问这些干什么？"

邓思颖告诉妈妈："我认识。他是个乞丐，平时就在一中附近的天桥下乞讨。"

乞丐又怎样，现在的乞丐可有钱呢！妈妈一边忙活，一边在心里唠絮。妈妈对那小伙印象挺深刻，穿着土朴陈旧，人很年轻，只是皮肤晒得黑不溜秋，走路的样子看上去更不像装的，他的一条腿确实残了。下次可要问问，他那条腿是怎样残的，可一连两周过去，却不见他来这买羊肉串。

中午邓思颖回家吃饭，妈妈问女儿，近来在天桥附近看到那个乞丐没有，说他已有很长时间没来买烧烤了。

邓思颖说，近来骑自行车路过天桥，也没看到那个乞丐，说不准，那里讨不到钱，转移到其他地方去了。之后有天学校上自由活动课，邓思颖还特地跑到天桥周围找了一圈，只有两名老乞丐，没看到那个有腿疾的小伙。

以前，妈妈有什么事，总喜欢和女儿说一说、聊一聊。她这次拿回家一大笔钱，为何一直隐瞒着，只字不提呢？邓思颖困惑不解，终于瞅准个机会，问了妈妈。她说在那床头柜里找线头时，发现里面有一大包钱，到底是怎么一回事？

妈妈迟疑片刻，忽然想起什么似的，笑了笑，告诉女儿说："这活儿一忙，就把那事都给忘记了。思颖，事情是这样的……"

原来，前不久收摊时，妈妈见装配料的竹篮里多了一个黑塑料包，摸上去硬邦邦的。她打开一看，里面全是钞票，还留有一张纸条，上面写着："五年前，那个人的一份心意。"妈妈还从柜子的屉子里拿出那张纸条，递给女儿看了。

听妈妈这样一讲，又看了那纸条，邓思颖的泪水涌了出来，一脸悲戚，咬着牙说："那个肇事司机如今终于现身了，妈妈，我们赶快报警吧，让警察抓到他，以告慰爸爸的在天之灵……"

妈妈轻嘘一口气，为女儿擦了一把泪，说："可想而知，那个司机现在忏悔了，5 年来，他一定过得并不安心，不然，他不会暗地送来这笔钱。"

"妈妈，难道我们就这样便宜了他？"邓思颖推了推妈妈的胳膊。

妈妈捏着女儿的手，幽幽地说："即便警察抓到他，无非也就是坐牢、罚款，那岂不是对另一个家庭造成了缺憾。唉，那袋子里的钱，我数了，共 5

万块。反正，我们家目前也没有什么大的花销，暂且放在那里……”

母女俩对视着，屋子里一片沉寂。

是啊，妈妈说的没错，事情既然发生，成为过去，已经无法挽回。得饶人处且饶人，何不放他一码呢？拿到这笔钱，母女俩心里总算得到一丝慰藉。

邓思颖上学要途经一条巷子，有天晚自习老师拖堂，回来晚了，自行车折进巷子时，又恰逢停电，巷子里阴森森的。没行多远，行道树里猛地钻出来一个卷毛青年，一把拦下邓思颖，就在她身上乱摸，并拖着她直往胡同方向奔去。她恐吓得只惊叫了一声，就再也叫不出声来。

邓思颖手脚并用反抗挣扎，无奈气力有限，只得任凭卷毛挟持，朝胡同里走去。

不一会儿，“叭”的一声响，拖她的卷毛突然松开手，歪着身子倒了下去。邓思颖失魂落魄跑了一截，回头一瞧，夜色中，只见两个人正对打着。这时候，路灯亮起来，她看见救自己的人是个跛着腿拄根拐杖的小伙。

“来人啊，抓流氓——”邓思颖气喘吁吁，大声喊开了。

那卷毛挨了对方几棍，见势不妙，朝胡同深处夺路逃窜。

邓思颖走过去扶起自行车，这才看清楚，胳膊下拄拐杖的人，就是天桥下的那个乞丐！她惊讶得张大嘴巴，连连说：“谢谢、谢谢大哥！”

“没什么，我也只不过是在回出租屋路上，正好碰到那个流氓作孽罢了。”他摆摆手，又拍拍自己的一条腿，“要不是这条腿，本大哥一只手也能制服刚才那个蟊贼！”说完，拄着单拐，一颤一颤地朝巷子口走去。

邓思颖慌慌张张地回到家，浑身都湿透了，想起刚才巷子里发生的一幕仍后怕不已。等妈妈回来，就把这事情给讲了。妈妈眼眶充满了泪水，为女儿捏了一把汗，想着应该好好感谢那个乞丐才是。如果他下次来买烧烤，自己一定不会收钱。然而，那个乞丐小伙一直未出现在她的视线里。

这天上午，邓妈妈从菜市场买了羊肉，又到跑到一家超市准备给女儿买些零食，忽地看到那个跛腿小伙，不由眼前一亮：他不是在乞讨，而是在向修补摊上的老师傅学艺。她摸了摸衣袋，就想着把那几百元钱给他，作为那晚救女儿的一份酬谢。

邓妈妈走上前去，扯了下他的衣襟：“小伙子，我是纺织小区门口卖烧烤的，你一定还记住我吧？”

小伙看了邓妈妈一眼，犹犹豫豫，转而嘴角一笑：“有一件重要事，我想当面说个明白，走，我们找个地方去说说——”

一个乞丐会有什么重要事给自己说，想想他曾经救过女儿，邓妈妈就随他进了超市旁边的一个茶店。到了里间，小伙突然“扑通”一声，跪在她面前，说：“5 年前，你丈夫就是为了救我，才被车撞的……”

邓妈妈被这突如其来的一跪弄懵了，扶起小伙，一头雾水，问：“此话怎讲?”

小伙道出了事情真相。5 年前那天晚上，他在老乡家里喝了酒返回工棚的路上，走到十字路口，一辆面包车突然掉转头，直向他冲过来，就在那千钧一发之际，有个骑摩托车的男子也正好路过此地，飞起一脚踢开了他，而那面包车又发疯一般错打方向盘，把那男子的摩托车撞出老远，没回头地逃跑了。如果不是那个男子狠命的一脚踢，他早已被辗死在车轮之下了……

邓妈妈瞪大眼睛，一时愣住了，问：“这么说，你也是那起车祸的受害者?”

小伙摸摸那条跛腿，苦着脸，十分沮丧地摇摇头：“当时，这条腿狠狠地撞在电杆上，因为没钱，耽搁了最佳治疗时间，就遗留下残疾……”

邓妈妈想了想，颇有几分疑惑：“你怎么知道，我就是那个骑摩托车男子的家属，你还在纺织小区附近那个巷子里救了我女儿。”

小伙顿了顿，说：“恕我直言好了，当年你丈夫遭遇车祸的事情，本地几家报纸都做过报道。看了那些报道，我心里愤慨透顶，那个司机太没良心了。我就在心中暗暗发誓，一定要感谢那个男子的救命之恩，于是找到了你们居住的小区，还暗地认识了你们母女俩，同时，也被你们的坚强感动了。无奈，我是一个孤儿，一个农民工，建筑老板又嫌我腿残，解雇了我……”

“所以，你就去当乞丐，攒钱报答我的爸爸！”不知什么时候，邓思颖也来到这个包间，“我在同学的帮助下，调出纺织小区的探头录像资料查了，那晚在我妈妈竹篮里放钱的人，就是你！”

见到邓思颖，她妈妈和小伙同时一惊，面面相觑。

邓思颖又对妈妈说：“今天上午，我们市一中组织部分团员来这条街做义务劳动，碰巧看到你跟着这位大哥进了茶店，我就思忖着，你们一定有什么秘密隐瞒了我，便灵机一动，偷偷跟了进来。”

邓妈妈什么都明白了。星期天，母女俩带着 5 万块钱，去了孤儿福利院……

第五辑

EPISODE 5

成长篇

好一朵茉莉花

鲁越这趟回家，把老婆阿贞也带到省城打工。阿贞是个地道的农村家庭妇女，做闺女时就没出过远门。看到大街上男男女女搂搂抱抱亲热得和电视里一样，阿贞拧了把丈夫，满脸严肃地交代：“你可千万别动花花肠子!”鲁越听了扑哧一笑：“若是那种德性，我还要等到今日?”边说边摸了下阿贞的鹅蛋脸。“你敢!”阿贞脸一沉，狠狠瞪了鲁越一眼，踮起脚刮了下他的高鼻梁。

鲁越是个泥瓦装修工，省城每一条街差不多都留有他的足迹，结交的熟人也不少。经朋友介绍，他很快给阿贞找了份在花卉园做修剪工的活，工资每月 800 块不说，老板还管两顿饭呢。

夫妻俩在省城打工，而且收入不错，自然高兴，但美中不足的是，阿贞的老板要求员工吃住在集体宿舍。每周只有星期六这天，阿贞才有机会去丈夫的住处，帮他拾掇拾掇出租房，做餐晚饭和鲁越一块儿吃，夫妻俩住上一夜……不管怎么说，阿贞也知足了，以往她一个人待在家中种地，每逢农忙、春节时，鲁越才能回家住上几夜。

现在阿贞心情好了，便和其他小姐妹一样，开始梳妆打扮着意包装自己。有个星期六傍晚，鲁越回到出租房，看到阿贞穿了套时装，脸上还化了妆，俨然城里的一个时髦女郎，心头着实一惊，本想问她几句什么，却只顾着搂着她亲个不停给忘记了。

这天，鲁越早早地收工，回出租屋的途中，特意绕道去了阿贞打工的那个花卉园。他以前没见过花卉园的主人，但听阿贞说过，花卉园主人姓皮，是个老气横秋的秃老头，老伴儿患有精神方面的疾病。

刚走到花卉园的篱笆墙边，鲁越就隐约看见花卉园一隅站着一个秃了顶的老头儿，甭猜，他一定就是皮老板了。鲁越打住脚跟，想进去和他打声招呼，可透过篱笆仔细一瞧，才看清楚皮老板正同阿贞聊得火热呢。天啊，阿贞如今描眉画唇的原来是冲着那个秃头老板！鲁越差点气晕，一股怒火在胸中燃烧。凭他的性格，这时候他早该猛冲过去掴那秃老头两耳光，可眼下这样做势必会掴掉阿贞的饭碗。阿贞能在城里谋一份像样的工作可不容易。鲁越强压住内心的愤恨，怏怏地转了回去，心里暗忖：得想个办法治治那条老色狼！

这个晚上，鲁越心里酸溜溜的，躺在硬板床上翻来覆去，怎么也睡不着。阿贞刚踏进省城时就给自己下紧箍咒，结果她本人反倒经不住诱惑，率先踩了“红线”，居然和她的老板打得火热……鲁越越想越气愤，半夜里爬起来撒了泡尿，一拍大腿：有了，自己周围不是有一帮做泥瓦匠的哥儿们吗！

第二天早晨起床，鲁越一脸倦意无精打采，简单地收拾了一番，提着工具箱出了门，肩膀忽然被人拍了下，扭头一看，竟是花卉园的那个秃头老板。

“你叫鲁越，是阿贞的丈夫？”皮老板边问边递上一支烟。

鲁越正烦着呢，上下打量对方一番，冷笑道：“你是？”

“对了，忘了自我介绍，我就是阿贞做事的那个花卉园的老板，姓皮。”皮老板用力抽了两口烟，顿了顿，“有件事情，我想找你商量商量，不过，这也是阿贞的意思……”皮老板似乎有难言之隐，还轻轻叹了口气。

想起昨日看见的一幕，鲁越心里骂道，你这个老东西，不就是比我多几个臭钱吗？鲁越牙帮子一咬，伸手就攥起皮老板的衣领，双目圆睁，低吼道：“你以为我不知道，大清早找上门，你究竟想干什么？”

“小鲁啊，你先别急躁，听我解释——”皮老板推开鲁越的手，恳请道，“走，我请你喝早茶。”

这下子鲁越有些懵了，皮老板登门不像怀有歹意，而且神情还颇为沮丧，不像是来示威的。鲁越心想，我倒要看看皮老板的葫芦里到底卖啥子药。进了早茶楼，皮老板才道出他的苦衷和这次登门造访的缘由。

原来，皮老板夫妇本有一个名叫茉莉的女儿，8 年前因患白血病去世了，年仅 16 岁。妻子大桂受不了如此沉重打击，脑子受到刺激，一病不起，看遍省城大小医院，最后依旧落了个神志不清的毛病，时不时犯病，嘴里经常念叨着女儿的名字。为了更好地照料妻子，皮老板不得不将自家的厂子托给弟弟看管，自己则在城郊购置一块地办起了花卉园。几年下来，花卉园已培育、嫁接出上百个新品种。皮老板还特地在园里辟了个茉莉花专区，他说看到那些洁白无瑕的茉莉花就好像看到了亲生女儿。每天他都要陪着妻子大桂在花卉园里散步，陪她说说话，以便她能更好地养病。前两天，皮老板像往常一样和妻子在花卉园里赏花，走着走着，大桂忽然向几个正在园里剪枝的女工跑去，一把将阿贞抱住，又哭又笑："茉莉，我的女儿茉莉，妈终于找到你了，亲亲……"大桂抱着阿贞不放，一时吓坏了她。皮老板也不知所措，只好一个劲地给阿贞和在场的女工们解释。

明白是怎么一回事的阿贞十分同情皮老板的处境，也十分理解老板娘的心情。皮老板把病情发作的妻子送到了医院，以前负责给大桂治病的专家再一次对她做了会诊，结论让皮老板大吃一惊：如果让阿贞配合医生治疗，大桂的病很有可能痊愈！也就是说，现在要让阿贞作为女儿茉莉的替身来配合对大桂的治疗。皮老板兴奋得跳起来，决定和阿贞商量一下。昨天下午，皮老板忙完事后在花卉园里单独找到阿贞，给她说明了老婆的病情和医生的意思。最后，他双手抓住阿贞的胳膊，央求道："阿贞，如果你答应，我会付给你双倍的工资。"阿贞涨红了脸，难为情地说："老板，这件事，我还要和丈夫商量才行啊……"就这样，为了尽快给妻子治好病，皮老板问清鲁越的住址后，今日一早就直接找上门来。

明白是怎么回事的鲁越羞愧不已，后悔自己不明真相就一时冲动误解了皮老板，幸好，还没有找铁哥们采取莽撞过激行动……

接下来的日子，阿贞陪着大桂吃住在医院里。奇怪的是，阿贞并没有发现老板娘有什么反常举止。平常在一起，大桂说城里的故事，阿贞讲乡下的奇闻逸事，两人仿佛真是一对久别重逢的母女。

忽然有一天，大桂关上房门和窗户，拉着阿贞的手久久不肯放。过了好一会儿，她才从提包里拿出厚厚一沓钞票，直往阿贞怀里塞，还略显尴尬地说："这1万元，你一定要收下。"

阿贞连忙推开票子，面露微笑："大桂阿姨，我陪您治病，皮老板已经付了工资，我怎么能平白无故地收您的钱呢？"阿贞嘴上虽这样说，心里却极不踏实，她知道，大桂的病又开始犯了。她一边稳住大桂，一边喊医生。

“你别叫医生，其实我的病早就好了。”大桂霍地站起身，在房间里来回踱步，“我精神委靡不振，除思念已故的女儿茉莉外，更重要的原因，那就是一直在为两枚眼眼钱而深感内疚与不安。

“什么，眼眼钱?”阿贞一脸诧异。

于是，大桂向阿贞道出了这些年憋在心中的苦楚。

那时候，皮老板和大桂还很穷，夫妻俩靠在民间收购古钱币过日子。有一天，大桂路经一个村庄，看到有位小姑娘正在田边挖猪菜，蓄的长发用橡皮筋穿着两枚眼眼钱束着，好一个漂亮的马尾辫。看到那两枚眼眼钱，大桂眼睛一亮，走过去摸了把小姑娘的头发，笑着说：“小姑娘，你这漂亮的头发应该用发卡才是啊。”她边说边取下自己头上的一只发卡，“来，阿姨用这只漂亮发卡换你头上的眼眼钱橡皮筋……”

不久，大桂把那两枚眼眼钱拿到古玩市场交易，卖了整整2000元。从这之后，家里渐渐地富裕起来，还办起了一家工厂，她就更加觉得有愧于那个小姑娘，并一直为这件事而深感不安，因为她的那只发卡当年只值5毛钱。再后来，女儿茉莉患病走了，大桂心里痛苦不堪而又惴惴不安，甚至认为那是老天对她的惩罚，是报应。她常常幻想着，这辈子能在茫茫人海里遇见那个小姑娘，补偿给她一笔钱……

说到这里，大桂抓住阿贞的手：“那天在花卉园第一次看见你，我一眼就认出了深深印记在脑海中的那张鹅蛋脸，还有右眼角下的那颗红痣，断定你就是15年前的那个小姑娘，我当时喜极而泣，决定给你补偿。然而，老皮虽说挺疼爱我，但他却是个十足的吝啬鬼，不会同意我给你一笔钱，于是我就装着犯病，和医生合演了这出戏……”

大桂这番话，听得阿贞心里沉沉的，不知说什么才好。

博出好运当乞丐

最后两注彩

孟守福和阿湘是一对贫贱夫妻，儿子考取高中后，便双双跑到省城老乡办的涂料厂打工。孟守福曾在村小当个民师，烟酒不沾，就爱看书读报。进城打工后，他还鬼使神差般地背着妻子偷偷买起彩票来。当然，他没钱一掷千金，只是两元十元地购买。遗憾的是，一年下来，竟连个五元尾数奖也没捞到一回。但这并未影响孟守福的思想情绪和购买彩票的积极性，他一次次在心里默念着彩票销售点门前贴的对联：你买我买你我都买，早中晚中早晚要中。

这天下了中班，人没走出车间，孟守福的手机就响起来。来电显示，是贺三的电话："守福兄，本期提前开奖，赶快到三岔路，我在026等你！"贺三是涂料厂老板未出五服的弟兄，在厂里做质检员，整天没啥事，一心想着中个500万后自己去办厂。因家住同一个乡镇，又常在一起研究博彩报刊，孟守福与贺三早已成为铁杆彩迷朋友。

三岔路离涂料厂不远，穿过一条胡同即到。孟守福踏进026时，贺三正和几个陌生彩民在墙上挂着的"奖号走势图"前紧蹙眉头，哲人似的独立思考。三岔路共有三个彩票销售窗口，他们钟情026缘于两个原因，一方面此处的售票小姐是位年轻貌美性感十足的靓妹，更重要的一点是，026曾产生过一次200万。这个销售点的人气一直都很旺，就连从不买彩票的市民也常驻足店前，跃跃欲试……

见到孟守福，贺三的眉头倏地一展，高谈阔论起面前的奖号走势，手舞足蹈，对本期奖号作出种种预测："大家看，这样的走势不正是一个'月'字吗？据我初步推断，本月 026 要出 500 万大奖了，并且将在本期出现，想想，现在不正是月末吗？”对贺三的宏论，孟守福自然早听厌倦，熟悉他的彩迷朋友都交头接耳，没一个相信他。见有个女孩彩民正张大嘴巴听得一本正经，还时不时用丹凤眼瞅他几下子，贺三的精神再次陡涨，清了清嗓音，紧接着，又滔滔不绝振振有词地发表了一番“演讲”。

孟守福表面在听，实则缜密思考着一个数字。近三个月来，他坚持购买前六位相同的号，只留一个尾数作机动。每次来 026，看哪个数字在脑海里闪现的频率最高，就圈定哪个。孟守福进入紧张思维状态，可脑海里每次跳动的数字都不尽相同。他刚感觉出有些眉目时，该死的手机响了。市内的新号码，他本不想这时候接听，但又害怕是老家亲戚进省城来办事，在公用电话亭拨的。孟守福极不耐烦地接听了。

一接不打紧，接了吓一跳。妻子阿湘在电话里吼道：“孟守福，你胆子好大哇，背着老娘买彩票。”孟守福的嘴皮嗫嚅几下，没敢吱声。“回来，老娘就站在你对面——”阿湘吼完，“啪”地挂断电话。

孟守福将信将疑，抬头朝对面望去，024 彩票点门前站着的果然是阿湘。原来，孟守福接到贺三的电话溜出厂子大门时，阿湘也悄悄尾随而来。孟守福一辈子阿弥陀佛，家庭内外都是阿湘“一把手”。在老婆面前，孟某人向来都抬不起头。想到买彩票之事最终还是被老婆发现，孟守福一下子没了心情，而且沮丧不已，从今往后，再也不可能购买彩票了。不过，今天既然来了，岂能空手折回？他掏出 4 元零钞，请售票小姐为他机选了两注。

接过彩票，孟守福对售票小姐抿嘴一笑，看也没看彩票一眼，就塞进裤子口袋离开。

蒙冤五百万

回到租住的地下室，没等孟守福站稳脚，“026 那标致姑娘勾掉你的魂，是不是？”阿湘猛地将大门一碰，就双手叉腰怒目圆睁要起泼来，“难怪老娘发现你每个星期都要往三岔路钻呢，这日子还怎么过！”

望着妻子，孟守福显出一脸的无奈。夫妻双双在省城打工，一月的收入加起来总共才 1500 块，家中上有老人要赡养下有小孩要读书，“妻管严”不无道理。可转而一想，自己买彩票也不是在为这个家播种希望吗？“阿湘，你可不要瞎讲，我也不是为了这个家好吗？”憋闷老半天，孟守福才挤出这句话。

“为了这个家好，你咋背着老娘拿钱出去买废纸。”见孟守福搭上嘴，阿湘越发来劲，逼着他交代买了多少钱的彩票。

“千把块钱。”孟守福从不敢跟老婆撒谎，实话实说。

“你得的奖呢，”阿湘步步紧逼，“怕是全部被那小妖精给蒙了。”虽说阿湘从没沾过彩票，但听说过中奖的机会甚少，心里自然清楚，孟守福肯定未中过什么大奖，只是心痛那一千块钱白白打了水漂。她一边收拾衣物，一边喋喋不休地唠叨这日子熬不下去了，要回娘家。阿湘是个急性子，心直口快，收拾停当，就拿起孟守福的手机向车间主任请了几天假，称要回老家看儿子。

第二天一大早，阿湘匆匆出门。孟守福双手慌忙拦住她，笑了笑说：“把那两张彩票还给我，今晚开奖啊，说不准能中个500万呢……”阿湘没闲情，一心想着怎样早点赶车回老家，随手从裤兜里搜出两注彩票往地上一扔，讪笑道：“没脸皮的500万！”再趄转身，怒气冲冲甩门而去……

阿湘这人什么都好，可有个缺点至今未改，那就是同孟守福拌嘴吵架后就往娘家跑。这不，结婚这么多年了，脾气还依旧。好在作为丈夫的孟守福早司空见惯。

孟守福上了一整天长白班，累得腰酸背痛。贺三又来电话，神侃了一番他的本期体彩7位数奖号理论，并邀他今晚去026看开奖实况录像。他推了，说老婆都让他给气跑了，现在开始已经金盆洗手，从此不再购买任何彩票。贺三在电话里戏谑他一句“真不是个男子汉”的话便收了线。不过，今晚是他最后的一线希望，说不准，这最后一搏会大获全胜呢。一年来的彩票生涯，他就在这种希望与幻想之中，和一群彩民朋友一道有滋有味地颠来倒去。

这个晚上，孟守福破例叫了份5元的盒饭吃了。收洗完毕，他就蹲在附近开商店的老王家门前观看电视。老王也挺关心国家体育、福利事业的，听说今晚本期7位数体彩开奖，急忙调换频道，和孟守福有一句没一句地聊些博彩方面的话题。

然而本期所有奖项全部揭晓，都没有孟守福所期待的那两注彩。孟守福垂头丧气，对天轻嘘一声，十分失望地回到自己的出租房。路途，他还把手里一直捏着的两张彩票揉成团，顺便扔进了垃圾桶。似乎还不解恨，一气之下，他又翻出收藏在床头柜里面的一卷博彩报纸和几册杂志，一份不留地甩出房门，然后关掉手机，呼呼大睡起来。

翌日一觉醒来，才想起今天是晚班。孟守福简单地煮了碗面条吃罢，就去街头观赏一些超市举办的促销演唱会。一来解闷，二来消磨时光。不知不觉，大半天时间转瞬即逝。回到出租房，他赶紧摸出压在枕头下面的手机。不看不晓得，看到慌了神。手机上已有十几个未接听电话，仅贺三一人就连续给他打了七八个。想必是贺三中了大奖，急着向自己报喜，他真后悔出门时忘记带手机。

给贺三回拨过去，没待孟守福开口，贺三就在电话里惊奇地叫道："孟大哥，你中的特等奖领了吗！"

"特等奖，什么特等奖？"孟守福大惑不解，十二分委屈地说，"我哪有运气中特等奖？就你贺三聪明会调戏人哟——"

"026 出了个 500 万，彩友们都想到了你。"贺三的兴奋劲更足，恨不得立即飞奔到孟守福身边。

"真出了个特等奖，你贺三弟，果真神机妙算啊！"贺三常拿孟守福开涮，孟守福待人忠厚敦实，你涮我，我也一样恭维你。在 026，贺三经常自以为是，喜好张扬，居高临下地神侃奖号走势。他的性格，孟守福摸透了。再说，夫妻俩又在他贺家弟兄伙的涂料厂打工。反正么，说好话无须成本。

"一帮彩友吆喝着要去'霸王酒店'，你就蚀点财破费点，去摆几桌好了……"贺三在电话中噼里啪啦讲了一通，孟守福越听越糊涂。

见贺三说得神乎其神，孟守福决定出去看个究竟。走至三岔路口就碰到开商店的老王。老王老远就迎了过来，双手一把抓住他的胳膊，使劲搡了搡，激动之情溢于言表："守福啊守福，祝贺你，不中不中，一中就中了个特等奖！"

孟守福这回真的懵了，怎么都说自己中了 500 万呢。朝 026 那边望去，看得见大门前贴着一张硕大的红纸。甭猜，上面一定写着"本点喜中 500 万"。本城已有好几个体彩点产生过大奖，都是这样宣传的。

孟守福万般无奈。"别听他们胡说八道，"他顿了顿，满脸苦笑说，"老王啊，你怎么也认为我中了 500 万，昨晚，我们不是在一起看开奖实况录像吗?”

“能中特等奖，是天大的喜事呀!”老王拍了拍他的肩，眯着一双小眼睛，压低声音说，“你看你看，又没谁找你借钱花，还真沉得住气，怕露富，是不是?”他拉起老王去租住房前面的垃圾桶寻找昨晚丢弃的两张废彩票，只可惜环卫人工连夜给清运了。

孟守福沉湎在别人硬说他中了500万的痛苦中。没出两天，消息便传到他的老家，有几个亲戚居然一路风尘赶往涂料厂找他借钱，真叫他哭笑不得。孟守福正在上班，贺老板把他叫到办公室，先递给他一杯茶，然后坐下来娓娓道来：“孟师傅，我们是老乡，就不必兜圈子了，我这涂料厂是个小厂，目前产品滞销，大家上月的工资都拖到这月中旬才发。这些你都清楚，产口滞销的重要原因就是设备落后，我想在近期进一批高科技含量设备，在资金方面，想得到你的支持。当然，困难是暂时的……”

贺老板的话没讲完，孟守福就已心知肚明对方的意图，怎么就连贺老板也认定自己中了500万呢。孟守福窝着满腔怒火，想辩驳什么，却没他吭声的机会。

“孟师傅，我暂向你借50万，至于利息么，按目前银行的十倍支付，你看怎么样?”贺老板的语气似乎有些哀求了。

026的确出了个特等奖，那真正的得主或许就躲在一旁偷着乐，可替他活遭罪的却是自己。孟守福对天骂道，我真是比窦娥还要冤枉。

第三天，妻子阿湘兴致勃勃返回涂料厂。孟守福竹筒倒豆粒似的，将两天来发生的事全讲给她听了。阿湘却不动声色，像什么事情也不曾发生过，一改两天前的脾气，换了个人样，宽慰孟守福说：“顺其自然吧，反正你又没中奖，怕什么。”

妻子一改从前的脾气，突然变得温顺豁达起来，孟守福总算找到一丝慰藉。要是平常，依阿湘的性格，非逼着问他到底中了多少奖。阿湘上班后，找她请客、借贷的人更多，都说“阿湘是内当家，手里捏着扣掉税后的400万”。你还真别说，贺老板也把上次对孟守福说过的一番话给她重复讲了一遍。阿湘有些莫名其妙了，厂子里整天谈论着孟守福中奖的事。无论夫妻俩怎样解释，但没有一人相信孟守福没有中500万。更可悲的是，因孟守福未答应借厂子50万，贺老板以厂子包袱过重将孟守福夫妻俩裁减掉。贺三、老王几个老朋友和孟守福也生出隔阂，贺三甚至还暗中监视着孟守福夫妇的行动。

丢掉工作后的当晚，孟守福欲哭无泪，双手抱着妻子说：“都怪我买彩票惹了祸端，在城里找不到事做，我们的生活该怎么过啊!”

阿湘把头斜靠在丈夫胸前，沉吟半晌，不紧不慢地说：“厂里、家里都说你中了500万，我们不可能有安宁之日了，现在应该想想办法，让他们相信你并没有中奖，这才是真正的出路。”

“想什么办法?”孟守福抓住妻子，像找到救命稻草。

“当乞丐!”阿湘神色坚定地说。

夫妻当乞丐

从农村出来，在城里打了两年工，现在转而又去当乞丐，孟守福实在有些想不通。人啊，怎么就该越活越差劲呢?但这是阿湘的馊主意。孟守福在妻子面前从来都是唯唯诺诺言听计从，乞讨就乞讨，只怕害苦她本人。

没几天，夫妻俩就到了鹿城，决定选择在一座天桥边行乞。天桥周围有大型超市和商场，车水马龙，人群熙攘，属黄金地段，可乞讨者也多。在车站地下室租妥房屋后，夫妻俩在天桥附近足足观察了两天的乞丐生活，才开始换上乞丐服正式行乞。一个桥上一个桥下，隔日调换位置。像众多街头乞讨者一样，他们用一只歪歪瘪瘪的洋瓷碗压住面前一块书有行乞理由的破布……

起初两天，孟守福进入不了角色，坐在乞摊前连头也不敢抬，生怕被熟人发觉或遭遇路人鄙视的目光。心底说不出是疼痛还是酸楚，施舍者往碗里丢了钱，也没叫声谢。几天下来，见收获颇丰，加之看到身边还有更年轻的男女乞丐，心里才踏实才理直气壮。

有天收摊时，孟守福无意间发现一个脚板整日流脓淌血的老乞丐把面前的东西往提包里一塞，立起身，竟大踏步地往回走时惊呆了。原来那家伙是装的!一来二往，孟守福便同他熟络起来。他告诉孟守福，他已来鹿城干了七八年，用乞讨的票子做了新房，还为两个儿子娶了媳妇。阴雨天，他俩躲在桥下拿着啤酒对吹，孟守福道出了夫妻双双乞讨的原因。对方竟像听天书一样，摆摆头，轻叹道："此乃大千世界，无奇不有！"

街头行乞也自有其难处，遇到搞环卫大检查，城管员一来，乞丐们都得无条件地停业。有个中午，孟守福正在吃盒饭，身边忽然围上几个人。他以为是路人看他面前那块破布上的字，没在意，反正互不认识。待他丢下泡沫饭盒，突然挤进来一条断臂汉子，将嘴左右一噘，旁边的几个人一哄而上，不分青红皂白给了他一顿拳脚。最后，断臂汉子嚷道："明日这时候，准备4张老人头！否则……"刚才的几个打手一齐用鼻子朝他哼了声，作鸟兽散。孟守福讨教那老乞丐，才懂得这是鹿城的"丐帮规矩"，新手不仅要吃一顿拳脚，还要按时缴纳管理费，否则……老乞丐不往下说，他也懂了。几经周折，孟守福夫妻俩的行乞日子才慢慢安稳。

这天赶至天桥边刚蹲下，孟守福就感觉出有一双异样的眼睛正盯着自己。他习惯性地向四周探视一番，没发现半个熟人。可就在他收回余光的一瞬，竟发现天桥上站着一个再熟悉不过的人。天啊，贺三怎么也来鹿城！孟守福差点没惊叫出声，他黯然神伤，想爬起身立马逃遁。不料，贺三已经大踏步地向他走来。孟守福不得不佯装一副无所谓样，赔着笑脸，主动凑了过去，把他拉到僻静处。此刻，有个戴眼镜的年轻人也顺势往桥墩背后钻去。

见到贺三，孟守福无不惊奇："你怎么跑到这儿来了？"

贺三给他做了个鬼脸，直截了当地告诉他："不瞒你说，我是跟你们一道来的，只是下火车时同你们走散了。你们夫妻俩，真在这里当乞丐……"

拉着贺三，孟守福满腹苦水与委屈，怏怏地说："兄弟，不是你们给逼出厂子的吗？"

"这么说，那得500万的主儿，真不是你？"贺三摸了把后脑勺，懊恼万分。

"这回，你该相信孟老兄了吧！"孟守福脸露一丝微笑，把贺三的手狠狠摇了摇。

孟守福和阿湘这次才真正澄清污枉。这天他们收了个早工，可回到车站地下室的租住房，就听到车站里正议论着一对外地夫妇因蒙冤中了500万大奖，而被当地人逼出门，前来鹿城当乞丐的新闻。孟守福很快找到那张刊登此条新闻的报纸，是当日出版的《鹿城晚报》下午版，一则"众人怀疑中大奖，夫妻行乞澄是非”的标题赫然入目，还配有他和阿湘行乞的照片。

“报纸都登了，那将后我们还怎么做人？”孟守福不知《鹿城晚报》记者是怎样知道此事的。孟守福叫苦不迭，而阿湘却不以为然，用食指戳了下丈夫的高鼻尖，还有些得意地说：“正好，这岂不彻底澄清了事实，说明500万是我们背着的黑锅！”

夫妻俩并不知道，他们在鹿城行乞的头一天就被晚报记者看出端倪。孟守福与阿湘面前那块破布上都用毛笔写着“家乡遭灾，房倒田毁”，辨口音，他们的家乡并未受灾。几经暗访，加之记者又碰到贺三找上门来……别说，那个戴眼镜的年轻人当记者还真是块料。

儿子遭绑架

送走贺三，孟守福暂且舒缓了一口气，心里仍忍不住骂道：“呸，这回总相信老子没中500万了吧！”然而，就在孟守福夫妇俩暗自庆幸现已摆脱厂里一拨老乡的纠缠时，又一件料想不到的事情正在发生。

孟守福的手机每日都是白天关晚上开。这个傍晚，他把那份《鹿城晚报》折起来塞进了垫被下，一打开手机，就接到电话：“孟老板，你的儿子落在我们手上，让他向你问好。”

“爸爸，我是孟辉啊，他们……”电话里的声音早已嘶哑，明显带着哭腔，话没说完，就被夺回话筒。那男人接着阴阳怪气地叫嚣开了，要孟守福速将80万打入指定的账户，并强调，如果报警一切后果自负。儿子遭到劫匪绑架！孟守福的脑袋一下子大了。来电显示号码，是老家县城的；听口音，绑匪是老家人无疑。甭说，当地亡命之徒一定听到孟守福中了500万大奖的传闻，才把他儿子当做人质敲诈勒索。

孟辉在家乡县城一中上高二，生活费由父母直接汇寄。孟守福在本子上查找儿子留下的班主任老师宅电号码，可手忙脚乱，一时未查到。儿子是他们的命根子，这几年来把责任田包给别人，自己则带他妈出门打工不就是为了挣钱供他读书将来奔个好前程吗？包括自己买彩票，虽说从未中个尾数奖，这回还蒙冤当了乞丐……说到底，还不都是为这个家庭播种新希望，为了儿子吗？

接到绑匪勒索电话时，幸好阿湘去了外面的公厕。她曾在医院检查出心脏患有小毛病，倘若得知宝贝儿子遭到绑架，说不准她会一头倒下晕死。孟守福头痛欲裂、烦躁不安，浑身早已沁出一层冷汗。孟守福称得上是个文化人，他不会被绑匪牵着鼻子走，连想也没想，首先就拨通老家县城的110报警。警察让他千万别急躁，教他怎样同绑匪周旋。按警方嘱咐，孟守福每隔几分钟，拨打一次刚才那个号码，可始终无人接听。

整个夜晚，孟守福躺在车站的地下室闷闷不乐，双眼直盯着手机。然而熬了整整一夜，手机也没响过。见睡脚头的丈夫翻来覆去长吁短叹，阿湘不知其内情，心里直埋怨出门行乞是自个儿的主意，让男人在外受辱遭罪，自责不已。阿湘好言相劝："守福，我们在这儿乞讨，虽说不体面，可挣的钱不少呀，比起在涂料厂打工强多了。"孟守福心如刀绞，身心俱痛，却又不敢把儿子现已落入绑匪之手的事说出，害怕她承受不了实事有个闪失。

清晨，孟守福借故把阿湘支走，自己却躲在地下室等待警方的指令和绑匪的电话。手机响了，又是个座机新号。"孟老板，账户上怎么还不见你的80万，就不怕我们撕票吗？"绑匪终于来电话。

"我正在筹钱啊，80万赎金，可不是个小数目。再说，我们一无新仇二无旧恨，为何绑架我儿子。"孟守福的答话明显有些颤抖。

"孟老板，你中了500万，扣税后不是整整400万吗？我只要80万，对你来讲不过是区区数目……"绑匪在电话里粗声大嗓地说道。

"我真没中奖，是冤枉啊——"

"叫你儿子和你说话，你就承认中奖了！"接下来是孟辉嘶哑的哭诉，"爸爸，快来救我，他们的刀子就搁在我脖子上……"没等话讲完，电话就给挂断。

孟守福没有慌乱，稳住情绪后，赶紧把刚才和绑匪的通话内容与座机号一并报告给警方。但警方告诉他，他的手机早已通过电信部门被警方控制，所有通话内容均已记录在案。警方让他继续与绑匪周旋，目前案情已取得实质性进展，他们将尽快解救人质，让孟辉返校。

孟守福一天没去天桥上班，待在地下室旋来转去，心急如焚，等待警方的好消息。天快黑时，手机响了，一看是鹿城的号码。他猜想，是不是绑匪把人质带到鹿城？想到自己的手机已在警方控制之下，于是壮了胆，一接听，居然是儿子打来的。孟辉在电话中说道，由于县一中有一位同姓同名的校友被绑架，他感到害怕，加之又在学校阅览室看到有关父母的报道，便一路赶到鹿城……孟守福抹了把额头上的汗珠，迫不及待地问："孟辉，你现在在哪里?"

恰在这时候，阿湘收摊返回地下室。父子俩的通话，被她听了个明明白白。孟守福一把抓起阿湘的手，转悲为喜："走，我们去接儿子!"

其实中了奖

虚惊一场后，孟守福一家三口在鹿城团聚。

想到那个也叫孟辉的孩子仍在绑匪的控制下，孟守福深感责任重大，不敢掉以轻心。绑匪几次打来电话催款，他都认真按照警方的要求，巧妙地与犯罪分子斗智斗勇。可狡黠的绑匪一连变换了三个账户，以转移警方视线。然而，隐蔽再深的狐狸也逃不过好猎手的火眼金睛。孟守福的儿子来到鹿城的当晚，他就接到老家警方的电话报喜，称此起绑架案已成功告破。

因为孟守福在侦破此案中起了至关重要的作用，受到县公安局嘉奖，并邀请他出席庆功大会。孟守福一辈子忠厚老实，压根儿不想出风头去领奖，可他要送儿子回县一中上课呀，和阿湘商量，三人便从鹿城出发了。

庆功大会上，孟守福惊奇地发现贺三也在现场，不禁怒火中烧。贺三怎么还要阴魂不散跟踪自己呢，难道还一口咬定孟某人中了特等奖。"老子被那狗东西害惨了!"孟守福气得鼻孔生烟，咒骂一句，头一扭，看也懒得看他一眼。

大会散场后，孟守福走至礼堂出口，贺三竟疾步跑过来。你还别说，真是冤家路窄，想躲都来不及了。殊不知，贺三双手抱住孟守福的胳膊，"都怪我这张臭嘴，瞎说你中了500万，让你们夫妻俩去鹿城当乞丐。"他边说，边狠狠抽了自己一耳光，"没想到，你还宽宏大量，不计较前嫌，积极配合公安局解救了我儿子……"

"解救了你儿子?"孟守福懵了，一时间手足无措。看样子，贺三懊悔莫及，不像开玩笑，孟守福勉强一笑，十分敷衍地搪塞了几句，趁人多溜走。

经打听，从绑匪手中解救出来的"孟辉"的确是贺三的儿子。原来，贺三入赘孟家，他老婆姓孟。贺三无根据宣传别人中了500万，差点送了自己儿子一条命。得知实情后的乡亲们无不感慨万千，说贺三正是搬起石头砸自己的脚。

中奖风波平息了，儿子被绑也仅仅是一场虚惊。在家里住了两天，看妻子没出门的迹象，又没见她做任何准备工作，孟守福好生奇怪，问阿湘："我们什么时候去鹿城呢?"

"去鹿城?"阿湘明知故问，还对孟守福神秘一笑。

"乞丐，我是一百个不情愿当了，我们还是去城里找个厂子打工吧!"孟守福耸了耸肩，语气坚定地说。

"谁还让你去当乞丐？我们也不必外出打工了。"看到丈夫一副憨厚腼腆相，阿湘"扑哧"一笑，脸上洋溢灿烂。她把身子移近孟守福，像当年谈恋爱一样，在他耳边低语了几句什么。孟守福猛一抬头，看着阿湘，顿时瞪大双眼，见到外星人似的。

事情是这样。

那天，阿湘悄悄跟随孟守福走到三岔路口，亲眼目睹他钻进026彩票销售点时，气不打一处来。以前只听说他买彩票，曾产生过怀疑，但这次终于得到印证了。看见身边一家店铺门前摆着一部公用电话，她操起话筒就拨打孟守福的手机。放下话筒，阿湘搜出一张伍元的票子递给店主。店主叫了声"嫂子"，乐哈哈地说："本期体彩今晚开奖，买两注如何？连同话费恰好5元，说不准啊，嫂子能中个大奖呢!"

听到这话，阿湘才发现身旁的这间店铺是一家彩票购买点。阿湘一咬牙，暗自思忖，"你买我也买"，想都没想，就答应了。店主让她选两注号，阿湘从没买过彩票，也不懂得选号规则，却装出一副内行相，对售票员说道："劳驾你帮我选两注吧!"

阿湘回娘家前，孟守福讨要自己买的两注彩票时，阿湘误将自己在024买的两注给了丈夫。回到老家县城，在转车乘坐县内公汽时，听车上的人都在议论昨晚开奖的7位数体彩，出了一个500万……这时候，她想起了自己的口袋里还有两张体育彩票。下车时，她拾起乘客扔在车上的一大沓报纸，走到僻静处，翻开"彩友"版，拿出彩票一对，她差点喜晕了，其中一注，竟中了个特等奖！她喜极而泣，却没敢声张，在娘家住了一晚，连儿子也没看一眼，就偷偷去省体彩中心兑了大奖。回到省城出租房，孟守福就向她倾诉一肚子苦水。阿湘一番思前想后，决定去当乞丐，以消除他们对孟守福的怀疑。

看见阿湘手中的一张银行通兑卡，孟守福孩子般地失声痛哭起来……

醉人的夜晚

克劳斯和桑妮以并列第一的成绩考入国立重点高中。桑妮是议员的女儿，家庭条件宽裕。而克劳斯出身寒微，是一个苦命孩子。刚跨进高中门槛，父亲就遭遇一场意外车祸丧生，母亲一夜之间哭瞎双眼。与他青梅竹马的黛丽娜也搬迁至另一座城市，从此杳无音讯。克劳斯伤心至极，还不得不每天晚上在圣母大教堂附近贩卖玫瑰，一个法郎一个法郎地挣，供自己继续念书。

或许是学校有意安排，他俩还是同桌，成为学习上暗地较劲的一对“天敌”。桑妮天生丽质，穿戴高雅，一对波斯猫美丽的大眼珠闪射出蓝色幽光，生动而迷人，被大伙儿赞誉为“校花”，更是一群男生心中追逐的神圣天使。可她仗着优异成绩和优越家庭环境，心高气傲，专心专意扑在学业上，对那些钦羡与爱慕的目光置之不理，平常除与克劳斯一起探讨功课方面话题外，很少与其他男生搭讪。

这天放学，克劳斯丢下书包就推着平板车直奔花卉市场批发玫瑰。半路上，桑妮骑着单车一路追赶过来，拦住他，气喘吁吁地说：“克劳斯，有道物理应用题，想请教你……”

克劳斯只得停稳平板车，帮助桑妮解答那道物理应用题。这个晚上，克劳斯没有去花卉市场，也没有守摊出售玫瑰。桑妮把他请到离圣母大教堂不远处的一家豪华酒吧喝小香槟。克劳斯真有些受宠若惊，要知道，桑妮在学校孤傲得像皇室公主，令一拨子男生望而却步。再说，这家酒吧非普通人所能消费，一瓶小香槟得花几百法郎。为感谢桑妮的盛情款待，克劳斯一番犹豫，最后在酒吧楼下买了几枝玫瑰送她。其实，克劳斯是多么想把自己的第一束玫瑰送给天真单纯的黛丽娜啊，可她现在又在哪里呢?！克劳斯只能在心中惦记她，默默为她祈祷，祝愿她学习进步，生活愉悦。

有天傍晚，克劳斯刚从花卉市场贩来玫瑰，天空就飘起蒙蒙细雨。正为两框玫瑰一枝未售出发愁时，忽然“嘎”的一声，一辆乳白色的小轿车停靠在花摊旁。一位戴眼镜的年轻人摇下玻璃窗说道：“这些玫瑰，我全买下！”克劳斯顿时瞪大眼睛，一脸惊喜地问：“我的上帝，这是真的吗？”年轻人十分豪爽，干脆，问了玫瑰的数量与价格，当即付钱，带着所有玫瑰风驰电掣离开。

自此，这个戴眼镜、驾乳白色轿车的年轻人几乎每晚都要在圣母大教堂附近买走克劳斯花摊最后所剩的玫瑰。克劳斯实在太忙碌，辛苦，既要复习功课，又要照料双目失明的母亲，就没去多想那个关照他生意的年轻人。

克劳斯的物理科成绩特别优异，不到一年，就自修完高中物理学全部课程。升至高二，他和桑妮被学校同时推荐参加巴黎大学组织的“法国中学生物理科大赛”。复习准备阶段，桑妮不断地寻找机会向克劳斯请教难题，还请他吃了两顿麦香基。克劳斯念及同桌情谊，以及桑妮平时待自己的种种好处，便不厌其烦，耐心细致地为她解疑答难。大赛揭晓，出乎老师和同学们之意料，桑妮荣获一等奖，而克劳斯却榜上无名。对此，克劳斯不气不恼，付之冷冷一笑。因为，他挺自信对物理科知识掌握的程度和功底，懂得最为关键的考试还是高考。

光阴荏苒，转眼高中生活结束。工夫不负勤奋人。克劳斯以全校总分第一名的成绩考入巴黎大学，桑妮仅被一所普通高校录取。桑妮的父亲为顾及面子，花了一大笔钱也把女儿送进巴黎大学，使得他俩又成为大学校友。克劳斯上大学时，还把吃政府救济的母亲一并带到巴黎，在校园街租下一间屋子居住，以便更好地照料母亲。没有课的晚上和节假日，他一样要去花卉中心批发玫瑰，在租住房的楼下销售，挣学费。

临近寒假有个晚上，克劳斯卖到深夜十一点钟，仍剩半筐玫瑰。寒风刺骨，空中时不时飘落几片雪花。明日就要期末考试，还有功课需要复习，克劳斯急得直跺脚。不料，那个原先在老家城市经常买走他最后所剩玫瑰戴眼镜的年轻人，依旧驾着那辆乳白色轿车突然出现在他面前。克劳斯心头不觉一怔，怎么、难道……年轻人推了推眼镜，一脸心急火燎，连忙说有重要事务急需办理，将半筐玫瑰给全买走。过后，克劳斯前思后想，由于自己对桑妮在学习上的帮助，断定那个买玫瑰的年轻人是受桑妮当议员父亲的指使，有意照顾他生意……克劳斯更是对桑妮感激不尽，只要是桑妮的邀请，他总不会迟到半分钟，并且要给她送上几枝玫瑰。当然，克劳斯也从未停止过对昔日好友黛丽娜的思念，遇到老街坊，都要绞尽脑汁打探她的有关情况。

大二开学报名头一天，克劳斯接到桑妮的电话，称自己已经离开巴黎大学。正要询问其原因时，对方却挂断电话。克劳斯向桑妮那个系的几位熟人询问，但没有人知道她退学的缘故。

在迎接新生的晚会上，克劳斯一眼就从队伍中认出黛丽娜。四年来，他与黛丽娜没通过一次信，网上聊天时，也从未碰到过关于她的帖，还以为她自此从地球上蒸发了呢。见到心爱的女孩子，克劳斯又惊又喜，晚会结束，便迫不及待地找到黛丽娜，一把抓住她的双手，凝望着她那张奶油一样闪烁瓷器光泽的脸，半晌才吐出话来："黛丽娜，我终于见到你了！"说完，竟情不自禁地在她的纤纤细手上轻轻吻了一口。

听说克劳斯的不幸遭遇，黛丽娜伤心得双眼噙满泪水，并表示自己愿意承担起照顾他失明母亲生活的任务。

几经周折，克劳斯终于从报纸上得知桑妮家的处境。原来，桑妮当议员的父亲，因涉嫌一起贿赂选举案而被政府革职。更要命的是，检察机关还没收她家财产。桑妮本可以在亲戚的资助下继续留在巴黎大学读书，可她心疼父母，坚持随父母一道住进深山里的一个小山村，过起田园生活。

克劳斯疯了似的，整日忧悒不乐，不顾母亲的极力劝阻，背着黛丽娜向学校请假，一路风尘赶往桑妮所居住的那个小村庄。

黄昏里，看到桑妮和一位老人正在一排玫瑰树旁种蔬菜时，克劳斯心头猛地一颤，昔日天使般的桑妮，如今俨然变成灰姑娘，裙袂上沾着的泥土斑斑点点……

桑妮也看到克劳斯，双眼露出惊喜之色，迟疑片刻，甩下手中的铁铲，跑过去叫道："克劳斯，你怎么来到这儿？"

克劳斯心里酸酸的，喉结上下滚个不停，屏声敛气好一阵子，才诚恳地说："我来接你上学，桑妮，我好喜欢你呀。"

桑妮颔首微微一笑，却又马上神色一黯："我家的变故，你肯定全都知晓。我再也不能上学了，要陪伴父母，现在，我是他们心灵的唯一依托……"

“桑妮，你一定要完成学业!”克劳斯斩钉截铁，语气坚毅。

“完成学业?”桑妮鼻子一哼，“你还记得那次物理学大赛吗，是我父亲花钱做了手脚。”她顿了顿又说，“其实，你才是真正的一等奖获得者……”

克劳斯脑袋里蓦地“嗡”一下，骇然得张大嘴，差点晕倒。

“那不是你的错。”这时候，玫瑰树旁闪出一个人，是黛丽娜。看到垂头丧气的桑妮和疑惑不堪的克劳斯，黛丽娜神闲气定，“桑妮，你还是回到巴黎大学继续自己的学业吧，最好，今晚就跟我们一道走——”

见黛丽娜从天而降，克劳斯弄不明白了，暗忖，她怎么也跟着跑到这个偏僻村庄？于是不解地问：“你——”

黛丽娜在玫瑰树旁徘徊，一边随手折下一枝玫瑰，一边用手往前一指，“是他，驾车将我送到这儿。”

克劳斯顺着黛丽娜手指的方向一瞧，不由得傻了眼。不知什么时候，山坡边停了一辆乳白色小轿车，那个熟悉的戴眼镜的年轻人正疾步朝这边走来。克劳斯更加糊涂了，低声问黛丽娜：“他究竟是谁?”

“怎么啦?”黛丽娜含羞地得意一笑，眼眸里流动着心驰神往，“现在告诉你啦，他是我老爸公司的职员。今天，我还要告知你一个特别好的消息，那就是，我已接到医院电话，他们已寻找到一对眼角膜，过不了多久，你母亲就可以重见光明……”

这一刻，几年来一直蒙在鼓里的克劳斯忽然什么都明白了。

暮色四合，晚风徐徐。此时，山坡上的玫瑰开得正艳，在山风中弥漫出馥郁的芳香，让整个小山村都醉了。

天使之泪

玛蒂是个苦命女孩，在修道院长大。但她自小就对舞蹈表现出浓厚兴趣，无奈，因为一条腿与生俱来的残疾，使得她不能像正常人那样伸缩自如，更不能淋漓尽致地展现舞姿。修道院的人都为她摇头叹息，可这并未影响玛蒂对舞蹈艺术的追求与神往。

平常在修道院练舞，玛蒂总会惹来修女们惊奇甚至讥讽的目光，认为一个有腿疾的女孩子怎么练也不会成正果。但有一个人离外，那就是抚养她成人的修女贝丹妮。贝丹妮鼓励她说："乖闺女，如果你真喜好跳舞就尽情地大胆地跳吧，阿妈全力支持你！"贝丹妮早把玛蒂当做亲生女儿，还为她请了舞蹈老师，坚持每周两次送她去培训班。

然而，玛蒂的进步并不明显，几个常规动作无论怎样练也没有练标准，她自己更是恨死了那条腿。她没有因此而气馁，始终如一咬紧牙关苦练基本功。为了不负贝丹妮的一片良苦用心，每日清晨，玛蒂就跑出修道院，去附近一个休闲广场的角落偷偷练习舞蹈。尽管没有一双观赏她舞蹈的眼睛，但过往行人并不认识她，这便使得她在心灵上稍稍得到一丝慰藉。

这天清晨，玛蒂像往常一样在广场一角练舞，身后忽然响起掌声。她不觉一惊，这掌声着实让她感到意外。鼓掌人停止许久，可掌声仍在她心中回荡。玛蒂趁旋转身子欲变换姿势时，看到了一位戴茶色镜精神矍铄的老人，他似乎刚做完晨练，悠闲自得地坐在一只石凳上，正一边小憩一边看她练舞。

练完自己规定的时间，玛蒂走过去，坐在离那人不远处的一只石凳上，笑了笑问："大伯，您真的认为我跳的舞很好吗？"

"真的，你跳的舞棒极了！"老人语气坚定，还竖起大拇指。

“大伯，那我就每日清晨在这儿跳舞给您看，行吗?”

老人点点头，思忖片刻，笑笑说：“那简直太好了!”

自打这天起，每个晴好的清晨，在广场一个并不起眼的角落，路人们总会看到一条腿有残废的女孩认真地练舞，旁边还坐着一位戴茶色眼镜的老人正聚精会神地观看。现在终于拥有一双能欣赏她舞姿的眼睛，玛蒂的信心更足了干劲更大了。哪怕一个细微动作，她也要练上几十遍，直到自己满意为止。坐在一旁的老人很少说话，只是静静地欣赏，隔不了多久，就要报以玛蒂一阵掌声与喝彩。

一个早晨，玛蒂练完舞蹈同老人打过招呼正欲离开广场时，老人突然叫住她，问道：“姑娘，你跳的舞叫什么名字啊?”

“哦，我忘记告诉您，我目前正在练习的是独舞《天使之泪》。”玛蒂满脸自豪地说。要知道，《天使之泪》是她的辅导教师根据她的身体状况和自身优势，花了很大工夫，特意给她编排完成的。

于是，老人就记住了“天使之泪”这个舞名。老人又好奇地问道：“姑娘，你为什么要把这么优美的舞蹈起这么忧伤的一个名字呢?”

玛蒂不说话了。她实在不愿意向一个陌生人透露自己的身世和处境，更不愿意破坏她与老人在休闲广场共同营造的和谐氛围。同老人简单地打了声招呼，玛蒂就匆匆返回修道院。

看到玛蒂克服重重困难练习舞蹈并取得较大进步，贝丹妮高兴得直掉泪水。有天上午，贝丹妮把她拉到一旁，眼光闪闪地说：“玛蒂，你躲在广场练习的舞蹈《天使之泪》，阿妈都看过，真是棒极了，阿妈替你高兴呢……”

玛蒂心里一愣怔，啊，自己每日清晨偷偷跑到修道院外去练舞的事阿妈原来都知道了！玛蒂尴尬一笑，然后深情款款地对贝丹说妮：“阿妈，只要您喜欢，我就天天给您跳《天使之泪》……”

此时此刻，这对特殊母女竟不约而同抱着对方抽噎起来。

不久，贝丹妮决定把玛蒂送到巴黎一所著名舞蹈学校进行专业的理论学习和训练。通过朋友帮忙和资助，贝丹妮很快替玛蒂办妥入学手续。玛蒂再也不能去广场练舞了，但她心里一直装着为她鼓掌的那个戴茶色眼镜的老人。玛蒂暗暗给自己鼓劲加油，一定要克服困难，以顽强的毅力跳出自己独特的风格和气质，报答贝丹妮、那位陌生老人以及所有关心她的人。

玛蒂没有辜负贝丹妮的厚望。毕业后，在法国举办的一次全国性舞蹈大赛中，玛蒂的独舞《天使之泪》，以她别具一格的风格和精巧的舞姿脱颖而出，征服所有评委和观众，最后荣获大赛特等奖。玛蒂一下子成为舞坛最年轻的新秀，当地几乎所有的报纸、电视都报道了她的成功。紧接着，玛蒂的专场舞会在巴黎各大小剧场轮番演出，并取得巨大成功。

玛蒂成名了，可她心里常常惦记着在修道院附近休闲广场坚持看她练习舞蹈并第一次为她鼓掌的那个戴茶色眼镜的老人。玛蒂好几次在接受新闻记者采访时都提起了他，并表示，她一定会抽时间去看望那位老人，并乐意为他跳自己的成名舞《天使之泪》。

后来有一次，玛蒂在巴黎国际歌舞影都表演结束她的成名作《天使之泪》，就听到一则令她感动不已的消息：有位盲人因躲闪不及迎面驶来的一辆小轿车被撞得老远，警察送他到医院后才发现其手中紧紧捏着一张"天使之泪舞蹈晚会"入场券……玛蒂当即决定前往医院探望那位特殊观众。遗憾的是，玛蒂带着一大抱康乃馨和营养品赶到急救中心时，那个盲人已被推进太平间。当盖着尸首的白布被撩开一瞬间，玛蒂不由得瞠目结舌，"哦"地惊叫一声。谁也不会明白，这个特殊观众居然就是几年前每日清晨坚持在休闲广场观赏玛蒂练舞的老人！她简直不敢相信眼前的一切是真实的，"我的上帝呀，这怎么可能呢?"玛蒂双手蒙脸，慌忙折转身，向大门外默默走去……

就在玛蒂春风得意荣耀之时，她的心绪却久久难平。

回到贝丹妮身边，玛蒂再也不想让阿妈住在修道院了，坚持要接她出去随自己一道居住。可贝丹妮不愿意离开修道院，她喜极而泣地对玛蒂说："好闺女，你现在已经功成名就，便是你对父母双亲的一种最好报答了!"

"父母双亲？自小您不是就告诉过我，我是一名试管婴儿，在实验室出生，从来就没有父母吗?"玛蒂摇摇头，倏地瞪圆双眼，一脸惊诧地问。

她真正的身世，除了修道院院长和修女贝丹妮以外谁也不清楚。贝丹妮抹了一把泪，望着面前青春靓丽的玛蒂，道明了她的真实身份——

玛蒂的父母原本是一对幸福富裕的夫妻，父亲麦克斯还是当年知名度挺高的律师。就在玛蒂刚刚出生的时候，由于一场意外变故，使得麦克斯永远地失去双眼。母亲忍受不了如此沉重的打击，寻死觅活，终于有一天割腕自戕。后来，双目失明的麦克斯把他所有家财都捐赠给了修道院，自己则开始另谋生路，修道院也便接受了他的女儿。因为贝丹妮曾经是玛蒂母亲的一个朋友，善良的她就主动承担起抚养玛蒂的重任……

没听完贝丹妮的讲述，玛蒂早已泪挂腮边，啜泣不止。

不用说，那个在休闲广场坚持为她热烈鼓掌戴茶色眼镜的老人就是玛蒂的亲生父亲麦克斯。

原来，麦克斯并未离开这座城市，而住在修道院附近，专替人拉二胡伴奏过日子。他无时不刻无在牵挂女儿玛蒂的成长，听说腿有残疾的女儿特别爱跳舞而又时常遭人白眼之后，在修女贝丹妮的帮助下，他每日清晨坚持到广场“观赏”玛蒂练舞，并给予她最热烈的掌声。前不久，当麦克斯从收音机里获悉玛蒂即将在巴黎最有影响的国际歌舞影都演出的新闻后，毫不犹豫地托人花费 800 法郎购买了一张入场券，又一路颠簸赶往巴黎，没料到……

几天之后，玛蒂找到了父亲麦克斯的坟墓，并在墓前倾注全部心血表演了独舞《天使之泪》。

夜玫瑰

冬夜的街头，寒风凛冽，偶尔还会飘落几片雪花，熔化在行人们的脸上。此刻的城市灯火阑珊，而在圣母大教堂附近一隅，蜷缩一团的彼德却正焦虑地等待着一位特殊顾客。然而，直到路人散尽，彼德也没有等到那位每晚都来购买他最后几枝夜玫瑰的小伙。

彼德是个苦命孩子。自小就失去父亲，靠母亲卖报、做零工供他上学。就在他即将跨进中学门槛之时，母亲竟被一场意外的灾难夺去双目，她的世界从此变得漆黑一团，只能待在家里做些简单活儿。彼德现在不得不凭自己的双手和政府救济继续维持学业。刚放寒假，他便开始坚持每日上午卖报，下午从花卉市场批发鲜花，在圣母大教堂周围摆弄花摊。

彼德等待的那个小伙总是在他快要收摊时赶来，从塑料桶里挑选出剩下的几枝玫瑰，再匆匆离去，像怀有满腹心事。因每次都来得较晚，小伙所买走的玫瑰也大多残枝败叶，是些破损了的玫瑰。当然，这些玫瑰便宜，买一束也只相当于刚卖时一枝新鲜玫瑰的价钱，几个法郎就足够了。

前些天的晚上，彼德又在快要收摊之时遇见那小伙。他在花桶里择出几枝玫瑰，照以前的价格付完款。彼德给他一个友善的微笑，正欲问他叫什么名字为什么总是这样晚才来买玫瑰时，小伙却心急火燎地折转身……彼德甚感奇怪，连忙把塑料桶和手推车放在教堂背后的一棵大树旁，悄悄紧跟其后。彼德要看看这位几乎每晚都要买走他最后几枝玫瑰的特殊顾客到底送的是何人，为何这么晚了还要送玫瑰。彼德疾步追随在小伙身后，拐街抹巷，最后踅进一条阴暗窄小的胡同。彼德知道，住在这条狭长胡同里的都是一些不甚富裕的人，有的甚至还十分贫穷。胡同里黑黝黝的，嗖嗖冷风在里面直打旋儿，唯有一扇窗口还透着些许亮光。尽管那亮光微弱浑浊，但在冬夜这片黢黑幽深的胡同却显得格外明亮，格外温暖。小伙"咣哒咣哒"地蹬上楼没多久，那扇窗口的灯光便熄灭了。小伙居住在面前这排老房子的那间屋子里无疑。彼德猜想：那间或许并不宽敞的屋子还住着一位青春靓丽的女人，每晚都守着一盏台灯等待丈夫归来。当她接过丈夫呈上的一束夜玫瑰时，露出的笑脸一定比玫瑰更加灿烂……

这个冬天似乎特别寒冷，也特别漫长，但彼德要利用这个寒假挣下一学期的学费。无论天气多么寒冷，也不管刮风下雨，还是飘雪，他每日都要白天卖报纸，晚上摆花摊。他的花摊每晚都摆在圣母大教堂附近，现在已拥有一批固定客人。他相信，这是上帝给他带来的一份好运。只是已经连续两个晚上没见到那小伙了，彼德心底不由得生出一种不祥之兆。彼德收起花摊，迎着刺骨的北风，推上他的小车绕道进入那条幽暗的胡同。站在胡同口，彼德惊呆了，那扇窗口竟然还亮着灯光。彼德暗忖，小伙大概还尚未回家，否则，那灯光不会依然如此柔和地映照窗帘。彼德毫不犹豫地从花桶挑选出一大束尚且鲜艳的红玫瑰，径直朝那唯一拥有亮光的楼道走去。

没待敲门，那扇门便自动打开。藤椅里躺着一个神情疲惫的女人，她立即坐正身子，在彼德脸上愣怔片刻，然后笑盈盈地说："是托翰让你送来的玫瑰吗？昨夜他没有回家，我知道，今晚他一定会请人送来的！"

彼德一头雾水，眼里掠过一丝不易察觉的尴尬。彼德笑了笑，递上怀里的玫瑰。

"我的上帝，这么多鲜艳的红玫瑰，得花费托翰多少钱啊！"说完，她把那束玫瑰紧贴在脸上……

彼德始终一言未发，只是不断地向她点头微笑。他粗略地打量了一下里面的摆设，发现每一只花瓶都插满了玫瑰。屋子里弥漫玫瑰馥郁的芬芳，温馨，惬意。

彼德为她关上门，一声不吭地朝楼下走去。

待他回到手推车旁，抬眼望去，只见那扇窗子的灯光已经熄灭。胡同里冷森森的，彼德心里却热乎乎的。

第二天早晨，彼德在报纸上读到一则新闻，称前天晚上，圣母大教堂附近一条偏街发生一起车祸，一个名叫托翰的青年在搬运公司加完班往家赶的路途，不料被一辆小轿车撞上，没等送进医院就停止呼吸，可他手里还紧紧捏着几枝玫瑰……

彼德心头一颤，莫非？难怪？他坐立不安了，立即跑到那条胡同，利用卖报的机会很快打听到有关那个坐藤椅女人的情况。托翰果真是那个女人的丈夫！一位慈眉善目的老人还告诉他，托翰的妻子叫汤丽诗，患了绝症，早被医院下了“绝命书”，目前由医生上门替她做保守治疗，至多也只有一两个月的寿命了。为了给汤丽诗治病，托翰早已变卖所有家产，还因此而失业，只得搬到贫民区居住。除照顾妻子外，托翰还要不分白天黑夜地出去做零活。

彼德既为托翰夫妇的忠贞爱情所感动，又为他们的悲惨遭遇而难过。他忍不住一口气把托翰每晚都要买几枝夜玫瑰送给汤丽诗的故事讲给老人听了。

老人轻轻“哦”了声，蹙眉沉思一会儿，然后把彼德拉到一旁，在他耳边低语了一番。

自这个晚上起，彼德每次批发回鲜花，首先都要从中挑选出几枝最艳丽的红玫瑰放一边，等收摊后直奔贫民区胡同，敲开窗子依然亮着灯光的那扇门，把玫瑰献给汤丽诗。

“又是托翰让你送来的？最近他的工作很忙吗？”汤丽诗满脸疑虑地问。

“是的，亲爱的汤丽诗，你的丈夫托翰如今已找到一份高薪水工作，最近出差了，是国外，大约需要一个多月才能返回，他嘱咐我每晚都给你送红玫瑰，并祝愿你早日康复……”彼德强忍着内心的疼痛与不安，按照他和那位老人共同商量的意见，一个劲儿向汤丽诗解释。

“我能活到托翰出差回家那天吗？”汤丽诗忽然沮丧起来，喃喃自语。

“不，你的脸色不是挺红润的吗？再说，托翰的新单位听说你患病，他们已提前支付工资和奖金，早将10万法郎打入医院账户，你现在可以放心大胆医疗了。”

“是吗？那简直太棒了！”

汤丽诗又开始使用昂贵药物治病了。

每每给汤丽诗送去红玫瑰，看到她日渐苍白的脸和瘦骨嶙峋的身体，彼德下楼时总要流泪。

就在这个寒假快要过去的时候，汤丽诗也终究离开这个世界。

获悉汤丽诗的噩耗，彼德很是伤心过一阵子。这天，他卖完报纸就垂头丧气地回到家里，也不想去花卉市场批发鲜花了。然而母亲却拉着他的手高兴得泪流满面。母亲得到了一个意外惊喜，那就是今天下午突然接到医院电话，说医院正准备给她做角膜移植手术，通知她尽快到医院办理相关手续。彼德听到此话，以为母亲说梦话。他心里十分清楚，母亲是多么渴望自己的一双眼睛复明啊！但是，在整个巴黎，角膜一直都是奇缺的，患者需要经过漫长等待，甚至一辈子也难等到一双角膜……确信这消息是真的之后，母子俩抱作一团，喜极而泣。

彼德母亲的角膜移植手术非常成功。复明后的母亲最想做的第一件事，就是要知道那对角膜的主人是谁？院方告诉母亲，那双角膜是一位身患绝症的年轻太太临死前主动托付医院为她移植的。

彼德终于可以安心上学了。母亲又开始她的卖报生涯，晚上还兼做零工。直到彼德从医科大学毕业，他才得知母亲的那对角膜是那个叫汤丽诗的苦命太太自愿捐献。同时，彼德还收到一封汤丽诗的亲笔信，由一位没有留下姓名和地址的市民转寄。

尊敬的彼德：

自从你第二次给我送夜玫瑰，我就无意间从收音机里获知我丈夫惨死于车轮下的消息。我也知道，治病的钱即是肇事司机与保险公司给托翰的理赔款。为了不辜负你的一颗善良慈爱之心，我决心顺从你的谎言，装着高兴的样儿接受“托翰雇请你送来的夜玫瑰”。不久，我就打听到你的家境。听说你母亲因意外事故摔坏了双眼，自知时日不会太多的我便当即向医院报告，我死后愿意将自己健康的角膜无偿捐献给你的母亲……

没等看完汤丽诗八年前写下的这封短信，彼德双手颤抖，泪水汩汩地流出眼眶。

医学系毕业的彼德发愤努力工作，决心终身研究人体角膜与移植技术。十年之后，彼德终于事业有成。他已在人体角膜研究领域取得重大突破性进展，并且在巴黎建立起世界首家人体角膜库……

少女的祈祷

寒假，大学生杰克迪来到居住加勒州的外婆家第一个黄昏，就听到对面院子里传出阵阵琴声。这琴声乍一听还算悦耳，但作为读乐声专业的杰克迪来说就不那么认为了。他知道，这首著名的《少女的祈祷》弹得并不娴熟，甚至还显得很生疏。

可就这不甚协调的琴声，杰克迪几乎每个黄昏都能听到，成为他寒假生活中一道极不和谐的风景，于是决定去对面院子里探个究竟。奇怪的是，当他循声走近那扇窗口，琴声却戛然而止。看过去，宽敞明净的房子里摆放着各种品牌的钢琴。原来，这里是一家钢琴商店！杰克迪站的位置是商店背面，其门面牌匾在繁华的加勒大街。“琴声怎么会立即停止？难道……”杰克迪心里犯疑了，也更加激起他想弄个明白的好奇心。

第二天，他早早地埋伏在一棵芭蕉树旁。黄昏时分，窗口如期传出琴声，依然是那首弹得并不完美的曲子。甭猜，是主人正在练习《少女的祈祷》。杰克迪蹑手蹑脚移至窗前，探头望过去，只见一个打扮时髦的长脖颈女孩端坐在钢琴前认真地弹着曲子。天啊，她居然只有一条胳膊！杰克迪惊愕得差点叫出声来，连连后退几步。此时，琴声也陡然中止。女孩似乎已注意到了他的窥视，甩过一条空荡荡的袖管，站起身，躲进一间侧房。

杰克迪呆呆地望着那台钢琴，久久不愿离开，惊叹之余，心底也不禁佩服起那独臂女孩的坚强与高傲。回到外婆家，杰克迪的心情再也无法平静。夜晚，一个大胆的想法顿生，那就是，要充分利用这短短的假期，帮助独臂少女弹熟这首曲子。

几经周折，杰克迪也只是仅仅打听到，那个独臂少女每日黄昏都要利用琴店打烊时间在这里练习钢琴，其他信息一无所获。这天黄昏，杰克迪鼓足勇气悄悄来到那家琴店，碰巧那独臂女孩正欲掀开琴盖。杰克迪毫不犹豫地跨步走上前，帮她一把掀起琴盖。女孩一怔，但她的目光在杰克迪胸前佩戴的那枚“科伦坡大学”的校徽上停留了片刻，然后再温和一笑。

杰克迪问：“我可以用这架钢琴奏一支曲子吗？”

不容对方回答，他就坐了上去，颇投入地弹了起来。瞬间，《少女的祈祷》便轻快地从他的指尖流出，回旋在整间屋子里，忧伤而美丽。

站在一旁的女孩感慨杰克迪直率的同时，更惊叹他演奏技巧的娴熟。这首曲子，被他弹得无可挑剔，以致弹完最后一个音符好一会儿，她仍沉浸在《少女的祈祷》的情境里……杰克迪还教给她用单手演奏钢琴应该注意的事项以及舞台表演的一些基本常识。杰克迪离开琴店时，女孩颔首一笑，眨巴着一双幽蓝明亮的大眼睛，告诉杰克迪，她叫布娜，琴店是她舅舅的。

自此，几乎每个黄昏，杰克迪都要在琴店里教布娜练习曲子。练习得最多的，自然是那首著名的《少女的祈祷》。经他的点拨，布娜很快掌握了使用五指演奏钢琴的窍门。不知不觉中，他们已成为无话不谈的朋友。看到布娜的钢琴旁常常放着一块“金枪鱼三明治”，杰克迪断定，她特别喜好“金枪鱼”。每次去钢琴店之前，杰克迪总要花几个卢比备上一份烤面包夹金枪鱼，令布娜欢欣不已。一个礼拜下来，杰克迪竟然发现自己深深爱上了布娜！

就在杰克迪准备离开加勒州的前一个黄昏，待布娜练习完曲子，他一把抓住布娜的胳膊，然后用双手捧起她的一只纤纤细手，情不自禁“叭”地吻了口。布娜没有反对，但她听见了杰克迪吻后发出的一声轻叹。布娜脸色一黯，扭过脖子，挺生气地问：“你感喟我缺少一条胳膊，对吧？”推开杰克迪，布娜冲出琴店……

“我不是那个意思。布娜，我爱你——”杰克迪跟在布娜后面跑了几步，但布娜仿佛使了魔法一样，转瞬就消逝得无影无踪……

返校后，杰克迪曾多次邀请布娜去自己就读的科伦坡大学游玩，可每次都被她婉言谢绝。他们只好在电话里、网络上频频幽会。布娜对杰克迪说：“在我心中有个约定，那就是等你大学毕业后，再赴约，随你……”杰克迪明白布娜的良苦用心，更加发愤攻读声乐专业。

光阴荏苒，杰克迪转眼大学毕业，进入斯里兰卡一家著名的视影音响集团公司。他和布娜的感情也日益深厚。当他满怀信心把自己已同独臂女孩布娜相爱两年、准备娶她的消息告之母亲时，母亲却惊讶得瞪圆眼睛，冲着儿子大声吼道：“你疯了，这桩婚事绝对不成立！”

杰克迪性格犟，和母亲顶嘴道：“无论怎样，我都要娶布娜……”

母亲站起身，双手一摊，“上帝，我可不想见到布娜，除非我们断绝母子关系！”说着，进入休息室，重重地碰上房门。

杰克迪并不气馁，反而颇平静地提前给布娜打通电话，“亲爱的，我已大学毕业，可以娶你了吗？”当然，他不会愚蠢地将母亲的意见告诉布娜。

布娜在电话里支吾了几句，没有直接回答。不过，她给了杰克迪一个甜蜜的响亮的“电波吻”。

“我明日就到加勒见你！”杰克迪兴奋得跳起来。

布娜的心里也乐开花。因为杰克迪不仅英俊潇洒，而且是斯里兰卡大学优等毕业生，更重要的是，他毫不嫌弃自己的“独臂”，深爱着自己……布娜准备精心打扮一番，明天焕然一新地出现在杰克迪面前，同时，还要给他一个意外惊喜。然而，第二天等到天黑也没有见到杰克迪的身影出现。第三天、第四天……布娜急了，忽然想起最近几天来，报纸、电视都在报道有关海啸的新闻，该不会……忽然，一种不祥之兆袭上心头，她的双眼随之潮湿。

布娜慌慌张张赶到杰克迪外婆家。外婆告诉她，杰克迪在赶往加勒州的途中，遇上了由印度洋地震引发的海啸，杰克迪和众多列车乘客不幸被海啸吞噬了……听到这话，布娜“哇”地大哭起来。

没过多久，布娜着意把自己装扮成新娘模样，不顾家人反对，径直前往杰克迪父母所居住的城市科伦坡，在公墓管理处找到了杰克迪的纪念碑。布娜怀抱一大束鲜艳的红玫瑰，蹲在杰克迪的墓碑旁，面向所有围观的人们微笑……

在公墓管理处负责人的帮助下，大伙儿帮她运来一架钢琴，放在杰克迪的墓前，布娜用单手演奏起《少女的祈祷》。心酸的音符盈盈的泪，她一连演奏了三遍。琴声如泣如诉，像一片云，久久回旋在公墓上空……

演奏完毕，布娜回过头，只见一位贵妇人装束的女人正止不住地抹眼泪。她俩的目光一碰，对方又上上下下打量了她一番，然后大惊失色，一脸疑惑地说：“请问，你就是布娜小姐？”

布娜轻轻点了一下头。看得出，贵妇人装束的女人一定是杰克迪什么亲人。

“儿子杰克迪曾经告诉我，他相恋两年的女友只有一条胳膊，而你……”说着，泪水再一次蒙住她的双眼。

布娜确信面前的女人就是杰克迪的母亲时，突然双膝跪下，啜泣道：“我是魔术师的女儿，每次同杰克迪相处时，我都使了障眼法，让他只能看到我的一条胳膊……”

“布娜小姐，你为什么要这样做?”杰克迪的母亲耸了耸肩。

“一来为了更好地使用单手演奏钢琴，二来考验杰克迪到底是不是真心爱我……”

听到这里，杰克迪的母亲扶起布娜，一把将她搂进怀里，两个女人哭作一团。

爱的召唤

一

汤炳万是个身材魁梧的小伙子，在城郊一家小型企业做保安。此人文化水平不高，但他十分钟爱武侠小说，有空就会捧上一册金庸的书，如痴如醉地看个没完，时不时还要依照书本上的武打套路比划比划一番。除此，汤炳万还特别注重锻炼身体。别人晨练，他晚练，坚持每晚七点钟从家里出发，登一趟位于住宅小区附近的绣林山。

这天晚上，汤炳万刚登上绣林山手机便响了。是保安科长打来的，通知他立马回到厂里，准备押送一批货前往山西。汤炳万原是下岗职工，市政府实施再就业工程安排他重新上了岗，所以他很珍惜现在这份工作。接到通知的他，抄小道急匆匆地直往山下奔。

经过一条杉树林道时，汤炳万忽然听到嘤嘤的啼哭声。声音从靠山里的一片洼坑地发出，并且是个女人的声音。汤炳万顿觉事情不对头，山林深处全是杉树林，黑咕隆咚的，那个女人在这里哭什么，莫非有坏人欺侮她？汤炳万十分警惕地顺一条小山径斜插过去，借着婆娑的月光，果真看见一个五大三粗的男子一手搂着那女孩一手正在撕扯她的衣裙。

“放开我！”

“你不是小姐吗，这世道哪有小姐不陪客的？”男人的声音怪腔怪调流里流气。

“不不不，老板娘不是说，只让我陪你在绣林山边走走的吗？”

“少假装正经，老子可是花了票子的！”男人恶狠狠地嚷道。

“我只是个普通的洗头妹，决不会干那种事的……”女孩呜咽起来。

汤炳万蹲在陡坡边又往前移动几步，清晰地看见那黑不溜秋的男人压在女孩子身上，正撩起她连衣裙的下摆。女孩说："你再耍无赖，我就要喊人了!""嘿嘿，小姐，你大声喊吧，在这山林里，恐怕你叫破嗓子也没人应!"

女孩的哭声这时候也更大了。汤炳万实在忍无可忍，霍地站起身，火冒三丈地大喝一声："住手!"

"滚开，少管闲事!"那家伙先是一惊，然后恼羞成怒地吼道，并且向汤炳万啐去一口飞沫。

"大哥，快救救我——"女孩声嘶力竭。

"再不放开，别怪我不客气了!"汤炳万纵身跳到洼坑边，厉声怒道。

"是不是找死!"说时迟那时快，五大三粗的男子举拳朝汤炳万的头部擂过来。汤炳万机警地就势往下一蹲，接着使了个旱地拔葱，然后闪电般地飞起一脚，踢倒对方。那家伙不甘示弱，"哎哟"一声又爬起身猛扑过来。汤炳万的武打小说总算没白看，紧接着又用了个扫腿动作，一脚准确无误地踩住对方的头，义正词严地说："我是公安局的，还不识趣，就别怪我执行公务了!"那家伙见自己不是对手，"呸"了一下，乖乖地弓着肥腰向山上逃去。

汤炳万忙扶起跌坐在地的女孩，问她："没事吧?"

"没事，警察大哥，多亏你的搭救，不然，我就被那家伙……"女孩说着，泪水哗地流了一脸。

"没事了，赶快回家吧。"说罢，汤炳万就火急火燎地沿山路往下小跑步离开。

"警察大哥，站住!"汤炳万车转身看了女孩一眼，那女孩望着他说，"警察大哥，我好害怕呀，你能护送我一段路吗?"

走下绣林山，就是宽阔明亮的开发区大道，街上霓虹闪烁，灯火灿烂。汤炳万这时才惊异地发现他所护送的女孩竟如此靓丽：淡紫色的碎花连衣裙裹着苗条而丰满的身躯，亭亭玉立，皮肤白皙，高雅迷人，宛如山边的一棵小垂柳，清新脱俗。

汤炳万没闲情理她，走到机动车道边，招上一辆出租车钻了进去。

"我叫胡桃，大哥，你呢——"

二

一天上午，汤炳万下了班刚走出厂子铁栅栏就迎面碰上一个手提塑料袋的女孩。“汤大哥——”

女孩亲热的叫喊让他莫名其妙，凝眸对方愣怔好一会儿，也没能想起面前的靓女究竟是谁。

“汤大哥，你忘了，我就是那个在绣林山上被你救过的胡桃呀。”女孩莞尔一笑，落落大方。

“哦——”汤炳万想起了前些天的那件事，赶紧打圆场说，“你不是叫我警察大哥的吗？怎么找到这儿来了？”

“其实，那天晚上走到街道边，我就看清楚你的T恤衫上印有天龙公司的标徽，就断言你不是公安民警，而是天龙公司的职员！第二天，我就找到天龙公司以便当面感谢你，不料，公司保卫科里居然挂着贴有你彩色照片的岗位责任制，你的同事说你已出差去太原，于是……”说完这些，胡桃的脸颊早已绯红一片。

这时候，天龙公司的员工下班后纷纷从大门口经过，一些同汤炳万有过接触的人禁不住七嘴八舌议论开，有的说，哟，汤科长的女友还蛮标致呢；有的问他，阿万，你何时请咱们喝喜酒呀；还有的说，你这个炳万小子艳福真不浅啊……这连串的话，胡桃全都听见了。她站也不是走也不成，当时羞得恨不能钻地缝。

汤炳万的心里自然特别激动，指着厂子大门前的另一条小巷说：“胡桃，我们往这边走吧。”胡桃就跟着他踅进小巷。没走几步，胡桃从手提塑料袋里拿出一个大纸盒，说：“汤大哥，那天晚上多亏你，我买了件衬衫，想送给你，彼此作个纪念吧！”胡桃将那个印制精美的盒子递过去。汤炳万推了推说：“我怎能接受你的礼品呢，再说，那天晚上，无论是谁遇见了都会那样做的。”胡桃有些生气了，鼻子一酸，对汤炳万说：“如果你不收下，就是嫌弃礼物轻了，是瞧不起人家！”胡桃已把话说到这份上，无奈，汤炳万只好收下。

汤炳万要请胡桃吃午饭，胡桃也就没推辞。汤炳万将她带到“有缘快餐店”，共同吃了一顿饭。分手时，胡桃还要去汤炳万的手机号码。

这天晚上，汤炳万失眠了，脑子里全是胡桃美丽的身影。睡到下半夜，见自己还是似睡非睡似醒非醒迷迷糊糊的，就拨亮日光灯翻阅一本租来的武侠小说，可看了近一小时，竟连一个字也没看进去，脑海里依然满是胡桃灿烂的笑颜。莫非自己爱上她？汤炳万常在书本上看到英雄救美的故事，虽说他称不上是一名真正的英雄，可胡桃的的确确是个美女。

第二天，胡桃给汤炳万打来电话，问她买的衬衫合不合身，要不，就给他拿到服装城去调换。汤炳万高兴都来不及呢，连连说：“很合身很合身，就像是为我订做的！”

接下来的日子，这座城市的几家公园都留下他们手挽手走过的脚印。胡桃快乐得像一只小燕子，沉浸在爱情的甜蜜与美好之中。汤炳万亦珍惜这场“英雄救美”之后意外得到的爱情，想想自己也年龄不小了，就处处顺从胡桃，博她开心。

不过，汤炳万心里还是有个疙瘩，那就是胡桃在一家美发屋做事。一次，汤炳万问她：“胡桃，你可以不在发廊里做事吗？”

胡桃说：“在发廊里做怎么啦，我只是想在那里学学手艺，再自己当老板么。”

“我的意思是……”

“瞧不起我是不是？”说完，胡桃柳眉倒竖，一气跑开了。

汤炳万跟在后面喊：“胡桃，我不是那个意思，我爱你！”

三

没过多久，汤炳万将自己谈了女朋友的事告诉娘。娘自然喜得合不拢嘴，要儿子立即将未来的新媳妇带上门来让她亲眼瞧瞧。汤炳万今年已是二十有五的大青年，爹死得又早，是娘一泡屎一泡尿拉扯他成人的。他以前曾经处过几个对象都黄了，做娘的巴不得汤炳万早日把儿媳妇娶进门，也好告慰丈夫的在天之灵。

不过，汤炳万没急着把胡桃带回家去，因为他心里有所顾虑。胡桃的家在外省乡下，是父母的独生女儿，虽说家庭境况比较好，但她现在毕竟在理发屋学艺，娘会同意他谈一个发廊妹做女朋友吗？娘问及胡桃的职业时，汤炳万用一句“在本城打工”搪塞过去。

后来在娘的再三要求之下，汤炳万最终还是选择一个双休日将胡桃带至家中。娘看到胡桃长得标标致致体体面面，心里乐开花，做了一桌子好菜招待。进餐时，炳万娘无意间看到胡桃手腕上戴着的一只玉镯，眼睛不觉一亮，再也没多说一句话。看到那只玉镯时，炳万娘的泪水差点儿涌出，为掩饰尴尬故意躲在一边去吃。汤炳万喊娘坐在桌旁吃，娘只当没听见，那只玉镯在她眼前晃来晃去，心头疑窦顿生，莫非……

胡桃离开汤家向炳万娘道别时，炳万娘趁机抓起她戴有玉镯的手腕说：“胡桃，你这只玉镯真漂亮啊。”炳万娘说这话时，将胡桃的玉镯映着灯光仔细看了看，玉镯上分明雕着一只金凤。炳万娘的手颤抖得更厉害了，胡桃说：“大婶，今天您忙辛苦了，就早些休息吧！”

汤炳万送走胡桃后，炳万娘赶忙回到自己的卧室，从一口多年未曾开启的旧皮箱里找出那只她已保存二十多年的玉镯。她一层层解开包裹在外的绸子，取出玉镯，映着日光灯，手里的这只玉镯同胡桃戴的那只一模一样，只是胡桃的那只雕着金凤，她这只雕着蛟龙。炳万娘的脑子里如一团乱麻，神情陡然变得沮丧起来，再也坐立不安了，暗自思忖着，难道这仅仅只是一种巧合？她决心向胡桃打听清楚那只玉镯的来历。

汤炳万按照娘的指使同胡桃谈起了她手腕上那只玉镯。胡桃告诉他说，玉镯是她妈送给她的，还说玉镯是她妈结婚时的陪嫁品。汤炳万问胡桃为什么只戴一只玉镯，胡桃解释说，她妈的另一只玉镯早已丢失，如今只剩下她所戴的那只。

汤炳万把他所了解到的有关胡桃玉镯的来历全告之娘。这些年，炳万娘一直在街头摆水果摊，虽说没赚到大钱，但比她原先在一家街道小厂做小工时还是要强些。自从意外发现胡桃手腕上那只玉镯之后，她的心情怎么也平静不下来，一心想着如何尽快地去弄清那只玉镯的真相。

为了弄明白胡桃所戴的那只到底是不是同自己家里的一只是一对玉镯，她要汤炳万想办法将胡桃的那只玉镯带回家让她再看看。汤炳万不知娘哪根神经犯了毛病，自从他把胡桃带进家门一趟后，娘就对胡桃的那只玉镯感兴趣了，有事没事总要同他谈起胡桃的那只玉镯，整天神秘兮兮的。汤炳万长这么大，娘的话他都是一百个听从，从未反抗过。汤炳万绞尽脑汁，搜肠刮肚，并灵活运用武打小说里的计谋，总算把胡桃手上的那只玉镯“骗”回家。但是，胡桃只给了汤炳万一小时时间。炳万娘独自一人藏在房屋里，将两只玉镯经过反复比对之后，发现它们确属一对无疑。

然而，当汤炳万归还胡桃的那只玉镯时，胡桃捶胸顿足道：“汤炳万，你好大的胆啊，竟敢将我的玉镯调换！”汤炳万一时成了丈二和尚，接过那只玉镯，仔细瞧了瞧说，“这不就是刚才你戴的那只玉镯吗，怎么会有诈呢?”胡桃哭着说了原先那只玉镯的特征……看她要以死相拼的架势，汤炳万不得不将玉镯拿回家去问娘。可娘已不在家里。他跑到娘摆水果摊的地方，也没有见到娘的踪影。汤炳万一连问了七八个水果摊主，都说他娘已有好几天没有出摊了。一个小时之前，娘明明还在家里待着的，怎么一转眼工夫就失踪了呢。回想起娘见到胡桃的前前后后，是不是因为那只玉镯惹了祸端?

四

几经周折，炳万娘根据儿子所提供的地址找到胡桃老家。

胡桃家里就她父母俩，住一栋两底两层小楼，除种有几亩责任地之外，胡桃爹还搞了特种养殖，一家三口的日子虽称不上多么富裕，但在当地那个小村子里绝对算得上小康生活了。

炳万娘进得胡桃的家门，胡桃妈正在堂屋里择青菜。炳万娘假装自己过路讨水喝，顺便问及她的儿女怎么不在家。胡桃妈迟疑片刻，说她只有一个丫头，如今在城里打工。炳万娘问：“您就一个亲生丫头?”炳万娘故意把“亲生”二字加重语气。听到这话，胡桃妈的脸上立即掠过一丝不易被人觉察的不安。尽管她在极力遮掩自己，炳万娘凭直觉还是敏锐地感觉到了她心中的不悦。

炳万娘是个有心计的妇人，因不便直接询问胡桃的身世和有关那只玉镯的来历，她就向胡桃家附近的乡邻们打听。村上的青年男女大多外出打工挣钱，留守村庄的净是些老年人。有位老人告诉炳万娘，说胡桃不是她爹娘老子的亲生女儿，他们一辈子没生育，胡桃是收养的孩子。炳万娘一连向几户人家打听过胡桃的身世，可说法不一。她将信将疑，只得悻悻而返。

当日她就返回附近镇上的车站，准备搭车回家。在车站一隅，只见一群人围着一个地摊，中间的高个子民间艺人正在舞弄手里的一条长蛇。那高个子艺人胡子拉碴，并且一身少数民族服装。她依稀记得，那艺人也曾在她住的那座城市摆过地摊。于是，炳万娘就站在那里多看了一会儿。临近发车时间，她径直朝车站候车厅走去。让她意想不到的是，刚进候车厅，一摸口袋，那只玉镯已不翼而飞。

她一下子慌了神，脸色惨白，泪水直往脸上涌。身处异乡，人生地疏，可谓喊天天不应叫地地不灵。一位即将与她同乘一辆长途班车的旅客建议她去派出所报案，说不定还会有希望找到。就这样，她抱着侥幸心理前往派出所报案。她将丢失玉镯的经过以及此行之目的，全都向接待她的民警布袋倒豆粒似的讲了。

民警为她的遭遇深感不幸，表示尽快帮她找到失物。小镇叫胡家场，是个偏僻的麻雀小镇，民警对小镇上的几个扒手了如指掌。当班民警试探着给一个外号“老大”的打通手机：“老大，把刚才你捞到的一只玉镯赶紧送来!”“老大”说：“警长啊，我没捞到一只玉镯。”“少废话，半小时之内送到派出所!”果真不出半小时，那个被叫做“老大”的家伙就将那只玉镯送到警长的办公桌上，一个劲儿地连连赔小心说：“警长，这玉镯不是我捞的，是另一位小兄弟……”“别赖账，滚!”

“就是这只?”民警问。

炳万娘看到刚才被盗的玉镯失而复得，心头一喜，感激一笑地说：“正是正是!”

“你的玉镯有哪些特征?”民警又问。

“上面雕有一条蛟龙，绝对的真玉。”炳万娘的回答很干脆。

“原来，你是准备来冒领的”，民警边说边将手中的玉镯晃了晃说，“这上面雕着的分明是一只金凤!”

“怎么会是这样呢?”炳万娘先是一怔，思忖半晌，“哦，是这样子的……”

她还想申辩什么，民警腾地站起身，当机立断地说：“别演戏了，这儿可是派出所，铁铸认罪不认人!”

炳万娘做梦也不曾想到因自己的一时疏忽竟会让事情变成这样子，只得再次请求民警保管好她那只玉镯，她要回家去让她的儿媳妇前来认领。民警感到面前的这个女人不同寻常，经商量，他们要看她究竟将这出戏怎样收场。当然，派出所不会轻易放人，一边把她安排住进一家小旅社实行日夜监控，一边通知了她的儿子汤炳万。

五

汤炳万跨省越县一路颠簸赶到胡家场派出所时，娘正在进一步接受民警的讯问。前不久，胡家场一带曾发生过一起“银元兑换系列诈骗案”，案件未破，因炳万娘操外地口音，也被列为重点嫌疑对象。在另一间办公室里，派出所陈所长问及玉镯的有关特征时，可汤炳万也是一问三不知，这就更加激起陈所长对他们母子俩的怀疑。陈所长一拍桌子，吼道：“大胆，竟敢前来冒领古玩！”

就在“玉镯案”的审讯工作陷入僵局时，胡桃突然出现在所长办公室门前。“民警同志，有关玉镯的事，请直接问我吧！”胡桃的到来，着实让汤炳万吃惊不小，心里暗忖：她怎么也赶到这里来了？过后他才明白，胡桃听说汤炳万要到她的家乡派出所取娘，再联想起那对龙凤玉镯，认为这里面一定有蹊跷，就悄悄跟着炳万后面赶来了。

“你是谁?”陈所长见审讯室闯进一个打扮妖艳时髦的女子，不觉一愣怔。

“我叫胡桃，是那只玉镯的主人。”胡桃的话语斩钉截铁，不容置疑。

“玉镯上有哪些特征，或者说你在玉镯上面做了什么暗记?”陈所长一脸严肃。

“玉镯上除雕着一只金凤外，金凤尾部还刻有我的名字‘胡桃’二字。”

陈所长将手上的那只玉镯正看反瞧，可怎么也找不到“胡桃”二字。没等他开口，胡桃抢先说：“民警同志，那两个字用肉眼是很难看到了，必须使用放大镜。”陈所长从抽屉里拿出一面放大镜一照，那只金凤的尾部果真刻有“胡桃”二字。陈所长望着胡桃，问她同这对母子是什么关系。

胡桃说：“我是大婶未来的儿媳妇，住胡家场镇胡家场村五组，目前在他们那座城市打工。”

这时候，炳万娘如释重负，长长地嘘了一口气，总算让那只玉镯回到手中。离开胡家场之前，她请求陈所长查一查胡桃的户籍。陈所长十分热情地给她帮了这个忙。炳万娘在胡桃家的那张户籍登记表上，清楚地看到胡桃是她父母所抱养。炳万娘心头怦地一跳，更加确信她那个意外发现的真实性，自己的怀疑也得到佐证。

待汤炳万和胡桃手挽手走进派出所户籍室时，炳万娘一把拉住胡桃的手说："胡桃，你就是我苦苦寻找了二十几年的女儿啊！"炳万娘喜极而泣，转而放声痛哭。

众人见状，不明就里，面面相觑。汤炳万更是一脸疑惑，摇着娘的胳膊说："不可能，胡桃是我的女朋友你的准媳妇，怎么一眨眼就变成你的女儿了呢？娘，你到底是什么意思？"

原来，二十二年前，也就在汤炳万三岁那年，炳万爹在长江边一个山场的采石塘口做工，不料遭遇岩石崩塌，炳万爹和另两名做苦力活的民工一起葬身爆破塘口。屋漏偏遇连阴雨。那年又恰逢长江发洪水，大堤溃口，他们的家乡被洪水冲成一汪水滩，房屋坍塌，粮食颗粒无收。那时候，炳万娘已怀孕八九个月，由于遭受突如其来的打击与灾难，她在政府安置的临时居住点早产了，落地是个丫头。经好心人奉劝，她也实在没能力再养活两个孩子，牙一咬，忍受悲恸把这个连名字都未来得及起的女儿送给了别人。她自觉对不起这个嗷嗷待哺的女儿，便从手腕上取下一只玉镯，连同孩子的生辰八字一并交付给好心人。母女俩分离时，她悲泪满面地说：玉镯在，孩子在……后来，炳万母子俩在娘家一远房亲戚帮助下离开长江边的那个小村庄，来到他们现在所生活的这座城市里定住。可是，她心里一直挂念着女儿。她也曾多次托人在老家打听过，得知因种种原因，她的女儿已被好心人几次收养，据说最后被一对已确诊无生育能力的河南夫妻带走了。没想到，二十二年之后，她竟奇迹般地见到那只玉镯。

汤炳万不信，对娘说："娘，我和胡桃是真心相爱的啊！"

"闭嘴！"

"娘，我不相信啊，我要带胡桃去做DNA鉴定。"

第二天，他们三人踏上了开往省会城市的列车……